KB251336

레바논의 어느 이름 모를 언덕에서

From an Unnamed Hill in Lebanon

레바논의
어느 이름 모를 언덕에서

임성호 지음

□ ■ □

3년 차 사무관이었던 나는 이등병의 신분으로 레바논 파병에 지원했다.
레바논 도착 2주 후, 이스라엘이 레바논을 공격했다.

렛츠북

들어가며

전쟁이란 경계이다. 삶과 죽음의 경계이기도 하고, 야만과 법치의 경계이기도 하며, 질서와 혼돈의 경계이기도 하다. 독일의 법학자 카를 슈미트는 "정상적인 것은 아무것도 증명하지 않지만 예외는 모든 것을 증명한다"고 했다. 그런 입장에서 보자면 전쟁이라는 극한 상황은 본질에 대한 물음을 던지기에 아주 적합하다.

필자 또한 파병 기간 동안 삶의 목적과 방향성, 정부의 필요성과 역할을 비롯하여 실존적인 고민을 다양하게 할 수 있었다. 그러나 꼬리에 꼬리를 무는 분별과 호기심의 피어남은 끝내 답을 찾지 못한 것이 대부분이었다. 결론적으로, 파병은 나의 지식과 지혜의 부족함을 절감하게 해준 매개체였다.

이 책은 일개 UN군 병사의 기억을 증류해 적은 것이기 때문에 부족한 식견이 드러나는 부분이 많이 있을 것이며 책에 담긴 내용이 사실과 차이가 있을 수도 있다. 필자의 부족한 지식과 경험 탓이므로 독자들께서는 부디 너그러이 용서해 주기 바란다.

아울러 군사적 정보는 최대한 기술하지 않으려 노력했으며, 그 과정에서 의도적으로 두루뭉술하게 서술하거나 각색한 내용들이 있다. 혹여나 내가 적은 글이 적성국의 정보 수집에 도움이 될 수도 있다는 생각으로 주의하는 것이니 독자 여러분의 양해를 구한다.

2026년 1월

임 성 호

3장 저희 가게 정상영업합니다

4장 레바논에서의 마지막 밤

1장
너 그냥 장교로
군대 가지 마

이야기는 2024년 1월로 돌아간다. 그 무렵 나는 3년 차 사무관으로 농림축산식품부의 기획실에서 바쁜 시간을 보내고 있었다. 2023년 4분기에 국정감사를 치른 것에 이어 장관님 청문회가 연달아 있었기 때문에 체력적인 부담이 가중되고 있었지만 숨 돌릴 틈은 없었다. 왜냐하면 매년 초에는 통상적으로 '연두 업무보고'라는 것을 준비해야 하기 때문이다. 연두 업무보고라는 것은 모든 부처들이 한해의 주요 업무추진 방향에 대해 대통령께 보고하는 것이다.

연두 업무보고는 서면보고, 장관의 PPT발표, 토론회 등 매년 다른 형식으로 진행된다.

한 가지 분명한 것은 우리 장관님은 인선된 지 몇 달이 채 되지 않았기 때문에 이번 행사가 업무에 대한 장관님의 첫인상을 결정할 것이 명백했다. 그렇기에 모든 부서가 잔뜩 긴장한 채 어떤 정책들을 엮어 보고서에 담아낼 것인지를 분주히 골몰하고 있었다.

그런데 시간이 흘러 신정(新正)을 지나 구정(舊正)을 바라보는데도 업무보고의 일정과 형식은 결정되지 않았다. 미리 자료를 준비하는 것에도 한계가 있었기에 불편한 한가로움이 이어졌다. 이렇게 업무보고 일정이 지연되면서 더 이상 연두(年頭) 업무보고가 아닌 것 아니냐는 시시한 농담이나 주고받던 와중 연두 업무보고의 형식이 '민생토론회'로 결정되었다. 그것이 뜻하는 것은 장관님들이 청와대 영빈관에서 PPT 화면을 띄워놓고서는 대통령께 발표하고 다 함께 박수 치는 밋밋한 행사가 아닌 지역 방방곡곡에서 국민들이 대통령께 질문도 하고 의견도 개진하면서 정부와 소통하는 행사를 준비해야 한다는 뜻이었다.

실무자 입장에서는 서면 보고서를 바탕으로 장관님이 대통령께 직접 보고하며 즉석에서 질문에도 대응하고 지시사항도 하달받으며 깔끔하게 마무리되는 편이 가장 익숙하고 또 선호되는 포맷이었으며 여러 부처가 모여 PPT 브리핑 경합을 하는 것은 퍽 신경 쓸 것이 많아 부담스러운 진행 방식이었다. 그런데 지역 방방곡곡에서 국민들과 함께 진행하는 형식은 차원이 다른 영역이었다.

왜냐하면 '민생토론회'를 위해서는 우리 부처의 1년 치 정책 방향을 고민하는 일이나 그럴싸한 브리핑용 PPT를 제작하는 것뿐만 아니라 대통령을 모실 만큼 지역의 의미 있는 장소이면서도 많은 사람들이 토론회를 진행하기에 무리가 없고, 대통령의 경호 문제도 발생하지 않을 장소를 물색해야 하기 때문이다.

어디 그뿐인가, 무려 대통령을 모시고 하는 행사에 검증되지 않은 참석자를 배석시킬 수도 없는 일이다. 그렇기에 우리는 대통령 앞에서도 떨지 않고 건설적인 의견을 개진할 수 있는 농식품 분야 종사자도 섭외해야 했다. 할 일이 늘어나는 것의 문제가 아닌, 돌발 상황이 발생하지 않을까 노심초사하는 문제에 직면하고 만 것이다. 그러니까, 이 업무는 바쁘다는 차원이 아닌 기도의 차원에 들어서고 있었다.

2~3년 차의 풋내기 사무관이었던 나는 중요한 결정은 국·과장님과 서기관님께서 다 해주심에도 불구하고 행사 준비가 퍽 막막하게 느껴졌다. 익숙하지 않은 형태의 행사를 준비하다 보니 참고할 수 있는 레퍼런스도 충분치 않았고 고려해야 할 사항도 많아 전반적으로 준비에 어려움이 있었다. 내게 주어진 과업이 업무뿐이었다면 마음이 무겁지는 않았을 테지만 그 무렵 나에게는 사적인 과업이 있었는데,

더 이상 병역의 의무를 미룰 수 없다는 것이었다. 고시에 합격했던 것이 21살, 학교를 졸업하고 일을 시작한 것이 23살이었는데 어느덧 26살이 되어 있었다. 입직 후 바로 입대하면 복귀했을 때 실무 경험이 부족할까 봐 조금이라도 일을 배우고 입대를 하려 했다. 정신을 차려보니, 20명 남짓했던 동기 미필 사무관들은 이미 군 복무를 시작한 뒤였다.

결국 해군 학사장교에 지원하기로 마음을 먹었다.

마산에서 초등학교·중학교를 다니면서 바다를 동경했던 탓일까, 배 위에서 수평선 너머로 나타났다가 숨기를 반복하는 태양과 그 빛깔을 머금은 너울을 바라보면 군 생활이 조금은 즐거울 것 같다는 기대감을 품고 있었다. 그리고 당시 모시던 과장님께 상황을 설명해 드리고 신체검사 때문에 다음 달에 오전 반차를 쓰겠다는 말씀을 드렸더니 대뜸 "너 장교로 군대 가는 것 다시 생각해 보면 안 되겠냐?" 하시는 것이다.

나는 그저 당황스러울 뿐이었다. 행정고시 합격자들은 선발에 특혜가 있어 신체등급이 4등급 이하가 아닌 미필 사무관들은 모두 장교로 입대했다. 군대가 신산(辛酸)하다 한들 중앙부처 사무관의 삶보다 힘들 수는 없기에 3년 3개월 동안 운동, 청춘사업, 석사학위 취득 등 다양한 개인 숙제를 해결할 수 있는 절호의 기회를 날려버릴 바보는 없었다.

과장님의 의견은 달랐다. 3년 3개월은 너무 길다는 것이었다. 3~4년 차 사무관은 슬슬 새내기의 티를 벗고 다양한 보직 경로를 밟으면서 실무 경험을 쌓아야 하는 시기다. 그 경험과 지식을 바탕으로 향후에 과장이나 국장급 관리자가 되었을 때 부서를 이끌어 나갈 수 있는 것이다.

그런데 그 중요한 시기에 3년이나 군대에서 홀랑 날려 먹고 나면 아는 것 없이 연차만 쌓인다는 것이다. 그도 그럴 것이 장교로 군대를 다녀오면 6~7년 차 사무관이 되어 있을 텐데 나의 경험은 초년차 사무관의 그것과 다르지 않을 테니 국가의 중요 정책을 믿고 맡기기에는 부족함이 많을 것이 자명했다. 그리고 과장님은 한마디를 더 보태셨다. "다른 사람 같았으면 편하고 쉬운 길 찾아가는 게 당연하지만 너는 이 일을 좋아하니까 다시 한번 생각해 보면 좋겠다." 나는 설날 동안 고민을 좀 해보겠노라고 말씀드렸다. 다행히도 설날까지 출근해야 할 정도로 바쁘지는 않았기 때문에 연휴 동안 이 문제에 대해 충분히 고민할 수 있었다.

나는 선배 사무관들이나 함께 일하던 주무관님들께 의견을 물었다. 다들 과장님이 어떤 마음으로 그런 조언을 해주셨는지는 이해하지만 선례가 전혀 없는 일인지라 선뜻 과장님 의견에 동의하지는 않았다. 고난의 연속인 사무관의 삶에서 흔히 오지 않는 휴식 기회를 왜 본인의 손으로 내동댕이치는 것인지 이해할 수 없다는 의견이 많았다.

그럴수록 나의 고민은 깊어지기만 했다. 하지만 결정의 시간은 주저할 틈도 없이 다가오고 있었다. 야속하게도 업무는 줄어들지 않고 오히려 새끼를 치는 것 같았다. 몸에 누적된 피로를 느낄 때마다 3년 3개월의 휴식을 만끽하고 싶은 마음이 샘솟았다.

고민 끝에 내린 나의 최종 결정은 장교의 길을 포기하고 일반 병사로 입대하는 것이었다. 그렇게 4월 16일 입대 날짜를 받아들고 주변에 내 결정을 알렸더니 어째서 그런 힘든 일을 자처하느냐는 의견이 줄을 이었다. 그럴 때마다 나는 "제가 고생하는 걸 좋아해요. 군대 짧게 다녀와서 농식품부에서 더 고생하고 많이 배워야죠"라는 너스레로 어물쩍 넘어갔다.

병사로 입대하기로 결정한 것은 과장님이 말씀하신 현실적인 이유도 크게 작용했지만 어느 순간 장교 입대와 병사 입대라는 이분적인 구분에 위화감을 느낀 것이 컸다. 우리 헌법은 모든 국민에게 국방의 의무를 요구하고 있다. 그렇기에 특별한 사유가 없다면 성인 남성은 모두 군에 입대해야 하는데 누구는 가방끈이 조금 길다고 해서 소위도 아니고 중위로 임관을 한다. 물론 5급 사무관이라는 것이 군의 영관급 장교에 준하는 직급이니 그들이 이등병으로 입대하는 것이 오히려 부적절하다는 의견도 있겠지만 평범하게 군 복무를 마친 사람들의 입장에서 생각해 보면 고시에 합격했다는 이유만으로 별다른 검증 없이 장교로 임관해 다른 장교들과 비교해도 편한 보직을 받아 군 생활을 하는 것이 특혜라고 느껴질 수 있겠다는 생각이 들었다. 생각이 거기까지 미치자 나는 병사로 입대하여 대다수 성인 남성과 같은 군 복무 경험을 쌓고 싶었다.

입대하는 날이 다가오고 있었고 후임자도 정해졌기에 나는 인수인계서를 정성 들여 쓰기 시작했다. 훈련소에 있는 5주 동안은 연락이 전혀 안 될 테니 전임자 찬스를 쓸 수 없는 내 후임에게 미안한 마음이 들었기 때문이다. 어디 그뿐인가, 내 자리는 원래 주무관님 한 분이 배정되어 있던 자리였는데 내가 발령받기 몇 달 전에 사무관 혼자 일하는 자리로 바뀌어 두 명 몫을 한 사람이 해야만 했다. 100여 쪽에 달하는 인수인계서를 다 쓰고 나니 참 할 일도 많았다는 생각이 들었다. 물론 나는 고도의 정책적 의사결정을 요하는 업무보다는 자잘하고 품이 많이 드는 일의 비중이 높아 다른 분들보다 몸만 힘들지 정신은 수월한 측면이 있었다.

입대 이틀 전, 나는 2024년의 마지막 퇴근을 했다. 이곳에서 즐겁게 일할 수 있었음에 감사하며 청사를 빠져나왔다. 차 가득 이삿짐이 실려 룸미러를 보기 위해 짐을 다시 헤집어야 했다. 평소보다 출력이 버겁게 느껴지는 모닝을 타고 세종을 떠나 경남 함양에 짐을 풀었다. 그제야 입대가 머지않았음을 실감할 수 있었다. 일주일 뒤의 내 모습을 상상하는 것조차 허용하지 않는 막막함이 늙은 병사의 목을 죄어 오고 있었다.

입대하는 당일이 되었음에도 아직 1년 6개월간 병역을 이행한다는 것이 전혀 실감 나지 않았다. 대부분 20대 초반에 군 복무를 마치는 것과 대조적으로 나는 26살이 되도록 여태 병역의 의무를 이행하지 않은 것이 새삼스럽고 부자연스러운 일이니 내 가슴 한켠에는 약간의 뻘쭘함이 자리 잡고 있었고, 나 스스로가 이방인처럼 느껴지기도 했다.

만약 대학생이었을 때 입대를 했다면 나도 꽤 유난을 떨었을지도 모를 일이었다. 친구들과 왁자지껄하게 입대 기념 술자리를 가지고 군 생활에 필요한 준비물을 알음알음 마련했으리라. 그러나 이 나이에 그러는 것은 제법 주책 맞은 일이기도 하고 나 자신도 입대라는 것을 그리 대수롭지 않게 여기고 있었다.

나는 사회에서의 마지막 점심을 메밀국수로 적당히 해결하고 검은색 비닐봉지에 휴대폰 충전기 하나를 챙겨 훈련소에 들어갔다. 다른 어린 친구들이 백팩 한가득 무엇인가를 챙겨오는 모습과 내 홀연한 꼴이 비교되었는지 어머니는 못내 미안한 기색을 내비쳤지만 나는 전혀 개의치 않았다.

훈련소에서의 생활은 주변 지인들이 겁주었던 것보다는 지낼만했다. 20명에 가까운 인원이 평상에 나란히 누워 생활하고 잠을 잔다는 것이 불편하게 느껴질 수도 있었지만 다행히도 밝고 유순한 친구들과 함께 생활관에 배정되어 하루하루가 즐겁게 느껴지기도 했다. 더군다나 어린 친구들의 생동감 넘치는 일상을 함께할 수 있다는 것이 반가웠다. 나는 고등학교를 조기 졸업했기 때문에 대학 동기들도 모두 나보다 형이었고 고시도 최연소로 합격했기 때문에 고시 동기들도 나보다 한참 형님들이었다. 그렇기에 나보다 6살, 7살씩 어린 친구들과 함께 생활하는 것은 나에게 아주 신선한 자극이었다.

일주일에 한 시간은 전화를 할 수 있었는데 마땅히 애인도 없었던 나는 부모님께 안부를 전한 뒤에는 후임자에게 전화를 걸어 끝내지 못한 인수인계를 도와주기도 했다. 그러다 보니 7주의 훈련 기간이 훌쩍 지나 자대로 이동할 시간이 도래했다. 나는 수도방위사령부에 배정되어 대학 졸업 후 3년 만에 다시 서울로 돌아오게 되었다. 기차에서 내려 마중 나온 버스를 타고 부대로 이동하고 있는데 인솔하시던 군무원분이 서울을 예찬하는 장광설을 늘어놓으셨다.

"여러분이 앞으로 생활하게 될 수도방위사령부는 가히 젖과 꿀이 흐르는 곳이라고 말할 수 있습니다. 대한민국 그 어느 부대가 외출 5

분 만에 지하철역의 번화가에 도달할 수 있겠습니까. 외출이나 외박을 나가도 도저히 할 것이 없는 도서 산간의 부대에 배치된 여러분의 동기들에 비하면 당신들은 큰 행운을 누리는 것입니다."

군인의 입장에서 외출·외박 시에 놀 거리가 많은 것은 큰 장점임이 분명했다. 그러나 나는 가슴 한켠에 불편한 마음이 들지 않을 수 없었다. 첫째로 나는 경남 사람이기 때문에 서울에 배정된 것이 오히려 휴가를 다녀오기에는 불편한 측면이 많았다. 둘째로 나는 농촌 지역·정책에 큰 애정을 갖고 있는 사람으로, 불과 반년 전까지만 하더라도 농촌정책과 사무관으로서 농촌 소멸에 대한 정부 대책을 고심하며 서울 집중화, 대한민국 일극화에 큰 우려를 가지고 있었다. 그리고 조금 사소한 이유로 나는 별 보는 것을 좋아하는데 서울 인근은 별을 본다는 측면에서는 아주 불리한 입지였다. 주변의 모든 장병들이 기뻐하는 가운데 나는 혼자 씁쓸한 마음을 곱씹으며 수도방위사령부로 향했다.

사령부에 도착한 뒤, 최종적으로 어느 부대에서 군 생활을 할 것인지를 무작위로 추첨했는데 그 결과 나는 공병부대의 통신병으로 배정됐다. 나는 보급품을 바리바리 챙겨 배정받은 부대로 향했다. 신병들은 첫날에 대대장님과 면담을 해야 한다고 해서 낯선 인사과 소파 구석에 앉아 대기했다. 면담하기 전에 대대장님은 내 이력과 특이사항 등이 적힌 종이를 먼저 읽어보셨는데 갑자기 분위기가 심각해지더니 중대장과 인사장교를 대대장실로 불러 급하게 회의를 했다. 나는 영문을 모른 채 급한 일이 생겼나 보다 생각할 뿐이었다.

곧 알게 된 사실이지만 회의의 주제는 나의 처분에 관한 것이었다.

내가 배정된 중대는 쉽게 말해 천상 노가다 부대였다. 소위 육군의 '4대 헬보직'이라고 불리는, 장간조립교 조립을 전문으로 하는 부대였는데 그것은 오로지 인간의 힘으로 탱크가 지나다닐 수 있는 다리를 지어내야 한다는 뜻이었다. 훈련이 시작되면 장정 여섯 명이 달라붙어 300kg에 달하는 철골 구조물을 쉼 없이 옮기고 그것을 3층 높이로 쌓아내는 것이다. 당연히 허리 디스크가 남아날 리가 없는 작업이고 혹여나 철골 구조물에 깔리기라도 한다면 큰 사고로 이어질 수 있는 위험이 도사리고 있다. 그 위험한 작업을 사무관 출신의 병사에게 시켜도 되는지 확신이 서지 않았던 모양이다.

회의 끝에 나는 별도의 변경 없이 원래 배정되었던 대로 배치되었다. 중대장님은 첫 면담에서 우스갯소리로 "너 머리는 되게 좋은 모양인데 집에 빽은 없는 모양이다. 와도 어떻게 이런 부대로 오냐"라고 말씀하셨다. 처음 만난 부대의 선임들도 모두 "너 같은 사람이 있을 부대가 아니다"라고 얘기했다.

솔직히 말해서 그런 일련의 사건들이 조금은 불쾌하게 느껴졌다. 국방의 의무라는 것은 타고난 탁월함이나 물려받은 재산과 관계없이 모든 국민이 나누어 분담해야 한다. 본인이나 부모의 지위고하에 따라 누군가에게 특혜를 준다면 그것은 다른 사람이 그만큼의 피해를 입는 것과 다름이 없다. 더군다나 나는 사무관이라는 이유로 장교로 입대하는 것 역시 특혜라고 생각해 일반 병사로 입대했는데 여기서 배려를 받았다면 내게는 그것이 호의로 느껴지기보다는 오히려 부끄러운 일로 여겨졌을 것이다. 뿐만 아니라 반칙과 특권이 만연하다는 것을 20대 초반의 병사들이 목격하게 되면 이 국가와 사회에 대한 애정이 도저히 남아날 수 없을 것이다. 그들이 이 공동체에 대한 애정을 갖게 하기 위해서는 기계적인 공정이 철저히 지켜져야 한다.

　누군가는 탁월한 사람들은 병역을 면제시키는 대신 그 재능을 십분 발휘하도록 하면 사회 전체적으로 더 이익이 될 것이라고 주장하거나 더 나아가 모병제로 전환할 필요가 있다고 얘기하는 경우도 있다. 경제학적인 논리로만 따지면 분업에 의한 사회의 효율화가 훨씬 유리한 것이 사실이다. 고전 경제학에서는 비교 우위라든지 분업에 의한 효율화라는 개념이 있는데 간단히 설명하자면, 마이클 잭슨이 끼니를 해결하기 위해 옥수수 농사도 짓고 스스로 입을 옷도 뜨개질하고 활동 중간에 2년은 군대에서 국방의 의무를 수행해야 한다면 전업으로 음악에 종사하는 것에 비해서는 음반을 많이 제작하지는 못할 것 아닌가? 심지어 여러 작업을 병행하느라 무엇 하나 그다지 특출나지 못할 수 있겠다. 그러나 옥수수 농사는 농업경영인이, 뜨개질은 방직공이, 국방은 직업군인이, 음반 제작은 마이클 잭슨이 전담한다면 모든 것이 양적으로도 질적으로도 더 우수해질 것이다. 그런 차원에서 본다면 모병제가 더 효율적인 체계라고도 볼 수 있다.

　그러나 나는 징병제를 유지하는 것이 더 바람직하다고 생각한다. 여러 이유가 있겠지만 첫째로 모병제로 전환하게 되면 전쟁과 안보라는 것이 국민 대다수와 관계없는 일로 치부되어 위정자들이 안보와 관련한 의사결정을 할 때 감시와 견제가 줄어들 수 있다. 둘째로 모병제를 시행하게 되면 소득수준이 낮거나 교육수준이 낮은 특정 계층을 위주로 국방에 참여하게 될 것인데 그것이 공동체의 사무를 처리하는 행태로는 적합하지 않다고 생각한다. 안보를 수호한다는 것은 생명과 신체에 대한 손상 가능성을 내포하고 있는 것이 아닌가. 그것을 특정 계층에게 떠넘기는 것은 결코 정의로운 일은 아닐 것이다. 셋째로 지속된 저출산으로 인해 징병제를 유지하더라도 전쟁을 억제할 수 있는 만큼의 병력 수준을 확보하는 것에 어려움을 겪을 것인데 모병제로 전환한다면 병력 수급이 사실상 불가능할 것이다. 마지막으로 징병제는 '소셜 믹스'로서의 순효과를 가지고 있다.

소셜 믹스라는 것은 흔히 도시 계획에서 다루는 개념이다. 빈부 격차가 심해지고 부유한 계층과 가난한 계층의 주거 지역이 분리되면 사회계층 간 몰이해와 갈등이 심화되는 양상을 보이는 한편, 소득 수준이 낮은 지역은 슬럼화가 진행되어 치안과 교육 환경이 악화되어 계층이 고착화되는 양상을 보이기 때문에 그것을 완화하고자 계층 간 주거지를 혼합하는 정책이다.

우리나라에서는 재개발을 진행할 때 임대주택을 반드시 포함하도록 하고 이를 기존 주민들과 사회 취약계층에게 공급하여 다양한 가정이 한 아파트 단지 내에서 생활할 수 있도록 하는 형식으로 이루어지고 있다.

보통 유럽 국가들이 강하게 추진하고 있으나 네덜란드를 비롯한 몇몇 나라를 제외하고는 다양한 이유로 정책 추진에 어려움을 겪고 있는 실정이다. 아무래도 인간이란 본인과 비슷하거나 혹은 더 나은 집단과 교류하고 싶은 원초적 본능 같은 것이 있나 보다. 우리나라에서도 요즘 계층 간 고착화와 갈등이 점화되는 것 같아 우려를 낳고 있다. 2014년 자료이긴 하지만 피터슨국제경제연구소의 조사에 따르면, 우리나라의 억만장자 중 자수성가자 비율은 23%라고 한다. 83.5%인

일본, 71.1%인 미국에 비하면 우리의 계층은 생각보다 더 고정적인 것이다.

게다가 근 몇 년간 이어진 부동산 광풍으로 인해 자산의 상승 속도는 근로소득의 누적 속도를 아득히 뛰어넘어 버렸다. 다시 말해 적수공권(赤手空拳)으로 태어난 평범한 청년은 개인의 노력 따위로는 상속받을 자산이 있는 청년을 도저히 따라잡을 수 없어졌고 사회 전반에도 그로 인한 위화감이 팽배해졌다. 상황이 이렇다 보니 서울 강남에 거주하는 학생이 강원도 두메산골에서 거주하는 학생을 이해하기란 점점 어려운 일이 되고 있다. 그것이 장기적으로 사회 통합을 저해하는 요소로 작용할 것이라는 우려가 기우는 아닐 것이다.

그런데 징병제를 통해 다른 소득 수준을 갖춘 사람, 다른 지역에서 자란 사람, 다른 학력 수준을 가진 사람을 다양하게 경험할 수 있을 뿐 아니라 본인이 자라고 생활한 지역을 떠나 도서 산간의 읍·면 지역을 경험하는 것은 사회 통합의 첫걸음이 될 수 있다. 왜냐하면 본인이 알고 있던 세상이 이 세상의 전부가 아니라는 것, 본인의 배경과 확연히 다른 사람들이 존재한다는 것을 자각하는 것으로부터 서로 간의 상호작용이 시작될 수 있고, 그것이 장기적으로는 서로의 소통이나 이해로 이어질 수도 있기 때문이다.

그리고 그 말대로 나는 1년 6개월의 병역 의무를 이행하면서 실로 다양한 유형의 사람을 만날 수 있었다.

허락해 주신다면
파병을 지원해 보고 싶습니다

훈련소 생활을 마치고 처음 자대에 배치받게 되면 보통 중대장과 면담을 하게 된다. 지휘관 입장에서 본인이 인계받은 인원의 건강 상태를 비롯한 특이사항들을 파악해 병력 운용에 참고하기 위함이겠다. 내 경우에는 으레 형식적이었을 이 면담 절차가 퍽 숨 막히게 느껴졌다. 중대장님 입장에서는 사회생활을 하다 온 나이 26살의 이등병이 20대 초반의 선임들과 트러블 없이 잘 생활할 수 있을지 염려가 되었을 것이고 그런 우려는 입대한 지 한 달 남짓 된 이등병인 내게도 어렴풋이 전달됐다. 그 때문인지 나는 더욱이 내 앞에 있는 근육질 남성의 눈치를 살필 수밖에 없었다.

당시 나는 훈련소를 거치면서 기침이 떨어지지 않는 것 외에는 별다른 불편함이 없는 상태였다. 어색했던 면담이 끝날 때쯤 하고 싶은 말이 있느냐고 물으시기에 나는 쭈뼛거리며 말문을 열었다. "그… 자대 배치받은 첫날에 말씀드리기 적절한 주제인지는 모르겠으나 기회가 된다면 해외 파병에 지원해 보고 싶습니다. 혹시 괜찮겠습니까?" 나는 최대한 조심스럽게 의중을 여쭈었다. 왜냐하면 내가 해외 파병을 가게 되면 부대 입장에서는 일손 하나를 잃어버리는 셈이기도 하고 추천서를 비롯해 신경 써야 할 행정 소요가 늘어나는 것이기에 지휘관 입장에서 내키지 않을 수도 있는 일이었다. 예상과 달리 중대장님은 흔쾌히 지원해 보라고 하시면서 해외 파병 선발과 임무 수행을 위해서는 체력 향상과 영어 공부를 미리미리 해둘 것을 충고하셨다.

내가 해외 파병을 지망했던 이유는 여러 가지가 있다. 가장 큰 이유는 그것이 위험하고 힘들 것 같았기 때문이다. 물론 나는 위험하고 힘든 일을 좋아하는 도파민 중독자이거나 마조히스트는 아니다. 단지 나는 이 공동체와 국가에 많은 빚을 지고 있을뿐더러 우연한 이유로 얻은 생득적 자질과 후천적 기회 덕분에 나의 도덕적 자격을 상회하는 영예를 누려왔다고 생각한다. 다시 말해 나는 내가 누리고 있는 것들을 정당화하기 위해, 그리고 사회로부터 받은 것들을 갚기 위해서라도 항상 힘들고 위험한 일들을 자처해야 한다. 만약 내가 누리고 있는 것들이 온전히 내 노력과 능력에 의한 것이기 때문에 당연한 것이라고 생각하면 그것은 오만하거나 위선적인 것이다.

내가 무엇을 얼마나 받았길래 이렇게 유난을 떠느냐고 되물어 볼 수도 있겠다. 우선 시대를 잘 타고났다. 지금의 우리 사회는 신분제 사회가 아니기 때문에 개인의 노력과 능력 여하에 따라 희망하는 일을 직업으로 삼을 수 있다. 한반도 5천 년 역사 동안 오로지 능력을 최우선으로 보상한 기간이 얼마나 된다고 생각하는가? 경남 함양의 두메산골에서 대를 이어 농사짓던 집안에서 태어나 서울대학교를 졸업하고 고시에도 합격할 수 있었던 것은 시대를 잘 타고났기 때문이다. 이것은 순전히 운에 의한 것이다.

둘째로 나라를 잘 타고났다. 많은 사람들이 '헬조선'이라는 자조 섞인 표현을 쓰면서 이 나라가 정말 구제 불능인 것처럼 얘기하지만 작금의 대한민국은 전 세계 10위권의 경제 대국이다. 개인의 소득 수준을 결정하는 가장 큰 요인이 무엇인지 연구한 논문이 있다. IQ, 부모의 소득 수준, 종사하는 직업의 종류 등 다양한 요인들을 분석했지만 가장 결정적인 요소는 태어난 나라였다. 멀리 갈 것도 없이 우리가 600km만 북쪽에서 태어났다고 생각하면 정말 막막하지 않은가? 내가 대한민국에서 태어난 것도 순전히 운에 의한 것이다.

셋째로 명석하게 태어났다. 고등학생 때 IQ 검사를 받을 기회가 있었는데 서로 다른 기관에서 모두 140이 넘는 결과가 나왔다. IQ가 높다고 해서 반드시 학업 능력이 우수하거나 성공적인 삶을 사는 것은 아니지만 분명 유리한 지점에서 시작할 수 있으리라고 생각한다. 내가 IQ가 10만 낮았어도 과학고등학교에 입학하거나, 서울대학교에 입학하거나, 고시에 합격하기 어려웠을 수도 있다. 그런데 선천적인 지능은 나의 노력과 관계없는 오롯한 우연의 산물이다.

넷째로 국가로부터 양질의 교육과 장학금을 받아왔다. 고등학생 때는 과학고등학교에 다닌 덕분에 사교육에 별다른 지출을 하지 않고도 입시를 마칠 수 있었으며 대학 재학 중에는 '대통령과학장학생'에 선정되어 7학기를 다니는 동안 등록금을 모두 면제받을 수 있었다. 뿐만 아니라 대통령과학장학금은 일정 학점 이상의 성적을 받으면 한 학기에 200~300만 원 정도의 학업 장려금도 별도로 제공했다. 이는 미국식 능력주의 인재 육성·선발의 시초로 여겨지는 제임스 브라이언트 코넌트의 말마따나 표준화된 시험을 통해 경제적 어려움에 처한 우수학생들을 국가가 지원하여 교육할 수 있도록 하자는 주장이 정책에 반영되어 왔기 때문에 누릴 수 있었던 것이다. 그러니까 나는 '운 좋게' 국가에 빚을 진 것이다.

이외에도 내가 자각하지 못하는 수많은 행운이 있었을 것이다. 한번 상황을 가정해 보겠다. 100점 만점인 시험을 통해 서열을 매기는 상황에서 95%의 점수는 실력에 의해 결정되고 5%의 점수는 우연에 의해 결정된다고 하자. 그런 상황에서 95점의 실력과 0점의 행운을 가진 사람은 93점의 실력과 3점의 행운을 가진 사람보다 낮은 성적표를 받게 된다. 그리고 나는 인생에서 우연이 차지하는 점수의 비중이 5점보다는 높다고 생각한다. 그런 자각하지 못하는 행운에 대해서도 감사하는 마음을 가져야 할 것이다.

예를 들어, 나는 3월에 태어났다. 1~2월생들은 빠른 년생으로 학교에 입학했기 때문에 학급 내에서 3월생은 가장 빨리 태어난 학생들이었다. 초등학교 1학년을 기준으로 보면 1998년 3월생은 1999년 2월생보다 10% 이상을 더 살았던 셈이기에 당연히 뇌를 비롯한 신체의 발달이 빠를 수밖에 없다. 그때 내가 일찍 태어난 행운으로 학업 성취에서 우수했고, 그 덕분에 학업에 재미를 붙여 계속 좋은 성적을 얻었다면, 나는 일찍 태어난 행운을 누린 셈이다. 그러나 내가 좋은 성적을 받았다고 해서 3월에 태어난 덕분이라고 자각하지는 못했을 것이다. 그런 행운이 얼마나 많았겠는가? 불교의 연기론 같은 얘기로 들릴 수도 있지만 내가 알지도 못하는 행운으로 내 본연의 능력이나 자격보다 많은 것을 누리는 것이 있을 것이다. 그것 또한 우연의 영역이다.

이 모든 점들을 감안하면 나는 아주 운이 좋은 사람이라는 결론에 도달한다. 내가 희생하거나 노력해서 얻은 것이 아닌, 행운으로 얻은 자질들로 인해 불공평할 정도로 좋은 대우를 받고 있는 것이다. 단순히 감사하게 생각하고 겸손하게 생활하는 것으로는 도저히 성에 차지 않았다. 그래서 이왕 군 생활을 하는 김에 파병을 가야겠다고 다짐한 것이다. 가급적이면 가장 위험하고 힘든 곳으로.

문제는 파병을 다녀올 수 있는 기회를 얻는 것 역시도 어느 정도 행운이 따라야 한다는 점이다. 우리나라는 아덴만의 청해부대, 아랍에미리트의 아크부대, 남수단의 한빛부대, 레바논의 동명부대를 해외 파병 부대로 운용하고 있다. 나는 육군이었기 때문에 청해부대는 지원할 수 없었고 나머지 세 부대에 지원할 수 있었는데 파병이 종료되는 시점이 전역 시기보다 늦으면 지원할 수 없기 때문에 파병에 지원할 수 있는 기회 자체가 한정적이고 경우에 따라서는 아예 지원할 수 없을 수도 있었다. 그런데 여기서까지 행운이 따랐던 것일까, 내가 자대에 배치받고 2주가량이 흘렀을 무렵, 동명부대에서 다음 파병자인 30진을 모집한다는 공고가 올라왔다. 내 주특기인 통신병도 선발 소요가 있었기 때문에 나는 지체 없이 파병에 지원했다. 다만 마음에 걸리는 점은 선발 기준 중에 해당 보직에 대한 근무 기간이 긴 인원들을 우대한다는 내용이 있었기 때문에 이제 막 훈련소를 수료한 이등병인 나는 꽤 불리한 조건에 있었다는 것이다. 그렇다고 해서 지원을 하지 않을 이유는 없었다.

선발 결과가 발표되기까지 한 달 남짓한 시간이 걸렸기 때문에 나는 그사이에 장간조립교 건설 작업도 하고 북한에서 보낸 오물풍선 잔해를 줍기도 하면서 자대에서의 일상을 보내고 있었다. 선발 결과가 전혀 예측되지 않았기 때문에 이번에 선발되지 않더라도 다음 파병 선발에 또 지원하겠다는 생각으로 일상을 보내고 있었다. 그리고 어느새 파병 선발 발표일이 다가왔다.

다시 시작된 훈련

어찌 된 일인지 예정된 파병 선발 결과 발표일이 되었음에도 결과 발표가 없었다. 나는 속으로 합격자들은 교육 이수 준비나 출국 준비 때문에 신경 써야 할 일이 많을 테니 공개적으로 발표는 하지 않더라도 이미 합격자들에게 연락은 하지 않았을까 생각하며 여태 아무런 연락이 없는 것은 내가 선발되지 않았기 때문일 것이라 추측했다. 그러면서 속으로는 이번 파병에 선발되지 않았으면 나의 자질이 파병 임무 수행을 하기에는 부족하다고 판단했다는 뜻일 텐데 다음 기회에 또 지원한다고 해도 선발되기는 어려운 것 아닐지 섣부르기 그지없는 걱정도 하고 있었다.

그러나 예정된 발표일로부터 사흘 정도가 지난 시점에서 파병 선발 결과가 발표되었다. 합격자 명단에는 어느 부대의 일병 누구가 어느 직책으로 선발되었다는 내용이 표로 정리되어 기재되어 있었는데 선발된 인원 중 유일하게 이병인 녀석이 있었다. 수도방위사령부의 이병 임성호, 바로 나였다. 어떤 이유가 있어서 선발 과정이 늦어진 것 같았다. 다행히 입대 전의 내 경력을 긍정적으로 판단해 주신 덕분인지 이병의 신분임에도 파병에 선발되었다.

하지만 하나의 관문이 하나 더 남아 있었다. 여태 해외 파병에 지원한다는 사실을 부모님께 알리지 않은 상태여서 그분들의 동의를 얻어야 했다. 이스라엘-하마스 전쟁이 1년 차에 접어들고 있고 레바논 국경에서 벌어지는 헤즈볼라와 이스라엘의 분쟁이 연일 뉴스에 보도되고 있는 이 시점에 레바논에 UN군으로 파병 간다는 사실을 알리고 허락을 받는 일은 쉽지 않을 것이었다. 게다가 두 달쯤 전에는 가자지구로 진입하던 UN의 구호물자 트럭이 이스라엘의 공격을 받아 산산조각이 났기 때문에 UN군이 분쟁 당사자가 아니라고 한들 안전에 대한 우려는 부모로서 당연할 것이었다.

나는 떨리는 마음으로 아버지에게 전화를 걸었다. 방금까지 농사일을 하시다가 전화를 받고 한숨 돌리시는 것 같은 숨 가쁜 목소리로 오늘 어떤 작업을 하고 계셨는지 말씀하셨는데 사실 귀에 들어오지는 않았다. 나는 복잡하게 얘기하지 않고 레바논 해외 파병에 선발되었는데 두 달가량 교육받고 출국하는 일정을 말씀드리며 잘 다녀오겠노라 통보했다. 속으로 제발 그냥 알겠다고 하시기를 바랐지만 아버지는 단칼에 본인은 동의해 주지 않을 것이라고 말씀하시며 아들이 사지로 간다는데 어떤 부모가 선뜻 동의하겠느냐고 반문하셨다. 나도 뜻을 굽힐 생각은 없었기에 쉽게 오는 기회도 아닐뿐더러 한국 군대에 있어도 다칠 사람은 다치고 죽을 사람은 죽는다고 말씀드리며 나는 UN 평화유지군으로 파병을 가는 것이지 전쟁하러 가는 것이 아니라고 강경하게 맞섰다.

아무래도 오늘은 더 얘기해 봤자 진전이 없을 것 같다는 느낌을 받았다. 그렇게 결론을 내지 못하고 의견이 평행선을 달리자 내일 다시 전화드리겠다고 하고는 생활관으로 돌아가 동명부대에 관련된 다큐멘터리나 글들을 찾을 수 있는 대로 다 찾아봤다. 아버지를 설득하기 위해 시작한 정보 수집이었는데 막상 보다 보니 나도 두려운 마음이 조금 생기기는 하였다. 그렇지만 이 시점에서 물러서고 싶은 마음은 전혀 들지 않았다.

이틀에서 사흘 정도 계속 언쟁이 이어졌다. 나는 부모님을 설득하기 위해 할 수 있는 말은 모두 다 했다. "아버지 당신께서는 6.25 참전용사인 할아버지를 자랑스럽게 생각하면서 왜 아들에게는 다른 잣대를 들이미는지 모르겠다. 알다시피 나는 부귀나 명예에는 별다른 관심이 없고 오직 세상이 어떻게 돌아가는 것인지 혹은 세상이 어떤 곳인지 알고 싶은 호기심 하나로 살아가는 사람이다. 내가 고시에 응시한 이유도 그것 때문이지 않은가, 그런데 견문을 넓힐 수 있는 큰 기회를 왜 가로 막으시냐." 등등 별 얘기를 다 했다. 슬슬 두 부자가 진이 빠지면서 서로가 참 고집불통이라는 생각을 하던 찰나였다. 그리고 그다음 날 전화를 걸었을 때 반쯤 포기하신 목소리로 말씀하시기를, 좋다. 갔다 오는 건 좋은데, 더 건강해져서 돌아와야 한다. 그 한마디를 하셨다.

부모님의 설득이 끝난 이후 나는 자대에서의 신변 정리 겸 파병 준비를 시작했다. 한번 출국을 하고 나면 8개월가량은 귀국할 수 없는 해외 파병의 특성상 신체적으로 결함이 있어서는 정상적인 임무 수행이 어렵기 때문에 파병 부대에서는 신체검사를 새로 받을 것을 요구했고, 비행기에 지참할 수 있는 짐의 무게도 제한적인 만큼 필요 없는 짐들은 미리 덜어낼 필요가 있었다.

그래서 레바논에서는 필요 없을 것 같은 두꺼운 옷들을 택배로 본가에 보냈다. 임무 수행이 끝나면 다시 원 부대로 복귀하겠지만 파병 전 교육과 파병 이후 휴가를 고려한다면 1년가량 자리를 비우는 셈이다. 그사이 부대에 있던 인적 구성은 크게 변할 것이 분명하기에 다시보지 못할 사람들이 많았다. 자대에서 보냈던 시간이 짧았지만 제법

정이 들었기 때문에 영영 보지 못할 사람들에 대한 아쉬움도 들었다.

출국은 9월로 예정되어 있었다. 그전까지 두 달가량은 파병 임무를 수행하기 위해 필수적인 지식과 기술을 익힘과 동시에 부대 구성원간 팀워크를 다지는 집합교육이 편성되어 있었다. 그렇기 때문에 나는 자대를 떠나 집합교육을 받을 장소로 떠나야 했는데 하필 떠나는 날에 비가 억수같이 쏟아졌다. 분명 낮까지만 해도 조금 흐리기만 할 뿐 폭우가 쏟아질 것 같은 느낌은 없었는데 영외 도로에 진입하자마자 기상이 돌변했다. 도로 주변에는 밀려오는 물을 감당하지 못해 하수구가 역류하고 있었고 소방관들이 막힌 하수구를 붙잡고 씨름하고 있었다. 동명부대에서도 우천으로 인해 기동이 제한되는 인원을 파악하는 연락이 왔다. 나는 거의 도착을 한 상태였기에 문제없이 도착할 수 있겠노라 대답했지만 그렇지 않은 인원들도 있는 듯했다.

그도 그럴 것이 심할 때는 앞이 보이지 않을 정도로 장대비가 쏟아지고 있는데 강원도 최전방에서 복무하는 인원들은 충분히 기동이 제한될 만하겠다는 생각이 들었다. 다행히도 나는 별다른 이상 없이 집합교육 장소에 도착할 수 있었다. 도착하자마자 휴대폰과 각종 서류를 제출한 후 두 달간 생활할 생활관을 안내받아 챙겨온 짐을 들고 이동했는데 그러던 중 마주친 특전사들의 육중한 근육 덩어리에 나는 그만 주눅이 들고 말았다. 파병지에서 영외 작전은 대부분 특전사들에 의해 이루어지는 만큼 많은 수의 특전사들이 부대에 포함되어 있었는데 그들은 여태껏 사회와 군대에서 보지 못한 거대한 신체를 가지고 있었다. 185cm의 키에 건장한 체격을 가진 나조차도 본능적으로 눈을 내리깔게 하는 근육 괴물들이 집합교육 장소에 운동기구가 없다는 이유로 복도 귀퉁이마다 땀을 뻘뻘 흘리며 맨몸운동을 하고 있었으니 이 얼마나 부담스러운 풍경인가.

근육 전사들을 피해 도착한 생활관에는 나보다 일찍 부대에 도착한 인원들이 어색한 듯 짐을 풀고 있었다. 이들이 근 1년간 함께 생활할 통신중대 전우들이었다. 문밖에 즐비한 특전사들과 다르게 거리 도처에서 만나볼 수 있는 평범한 20대 초반의 청년들이었다. 폭우로 인해 오늘은 올 수 없다는 인원이 두 명 있었기 때문에 총원 8명 중 6명과 첫만남을 가질 수 있었다.

처음 며칠은 각종 보급품 지급을 위한 사이즈 조사가 주로 진행되었다. 중동에 위치한 레바논은 위도는 한국과 비슷하지만 한국보다 훨씬 덥고 건조하기 때문에 통풍이 잘되는 군복을 새로이 지급받았다. 동시에 현지에서 감염될 수 있는 풍토병을 미리 예방하기 위해서 말라리아나 장티푸스 예방을 위한 약물 투약도 이루어졌는데 안타깝게도 약의 맛은 정말 끔찍해서 나보다 일찍 줄을 서 있던 사람들이 왜 콧물을 먹는 것 같다고 말하는지 알게 되었다. 그런 과정을 거치면서 함께 생활할 통신중대 용사들과 이런저런 얘기를 나눌 수 있었다. 나이는 몇 살이고, 입대하기 전에 무엇을 했으며, 몇 월에 입대했고, 자대는 어디였다는 등의 소소한 정보를 서로 교환했다. 대화를 나눠보니 8명 중 나이는 내가 가장 많았지만 입대는 가장 늦게 해 나는 큰 형님인 동시에 막내이기도 했다.

우리 인원들은 저마다 살아온 삶의 궤적도 가지각색이었다. 어릴 때부터 외국의 국제학교에 다니다가 영국에서 유학 중인 인원, 고등학교까지 한국에서 마치고 중국에서 유학 중인 인원 등 특이한 경력을 가진 녀석들이 있는가 하면 평범하게 고등학교를 졸업하고 집 근처의 대학을 다니는 인원들도 있었다. 장래희망도 소방관, 응급구조사, 컴퓨터 엔지니어, 컨설턴트 등으로 확고한 인원이 있는가 하면 아직까지 미래에 대해 고민하고 있는 인원도 있었다. 생김새도 성격도 천차만별로 개성이 뚜렷했다. 다만 헤즈볼라와 이스라엘의 분쟁이 격화되고 있는 사실을 뻔히 알면서도 파병에 지원한 것을 보면 겁을 상실했다는 점 하나는 공통점으로 여겨도 될 듯했다.

그리고 미묘한 세대 차이 같은 것도 조금은 느껴졌다. 나는 26살이고 5년 전에 고시에 합격해 3년 동안 일을 하다 온 반면 나머지 인원들은 대부분 대학 1학년을 마치고 입대한 20살들이니 어찌 보면 당연한 것이겠다. 나는 대학 졸업학기와 사무관 연수를 받을 때 코로나를 경험했던 반면 이 친구들은 중·고등학생 때 코로나를 경험했고 학창 시절의 교육 과정도 달랐다. 이 친구들은 고등학생 때 미적분, 확률과 통계, 기하, 셋 중 하나만 선택해서 공부하고 행렬, 벡터, 맥스웰 방정식 따위를 모른 채로 대학에 입학하는 교육 과정을 경험했다. 게다가 수능은 문·이과 통합으로 치러졌고 중학생 때는 모든 과목이 절대평가여서 졸업할 때까지 본인의 석차를 모른다고 하니 지난 6년간 대한민국의 교육 정책이 얼마나 많이 변했는지를 실감할 수 있었다. 그래도 이 친구들이 격의 없이 대해준 덕분에 나이 차이와 관계없이 금세 그들 사이에 녹아들 수 있었다.

일주일쯤 지난 시점에서는 본격적인 교육이 진행됐다. 레바논에서는 UN군 소속으로 임무를 수행해야 하는 만큼 레바논에 UN군이 주둔하게 된 역사적 배경이나 레바논에서의 역할에 대해 강의를 들었는데 레바논의 역사를 공부하면 공부할수록 인구 500만 명 남짓의 고작 경기도 정도의 면적을 가진 힘없는 소국의 한 맺힌 이야기가 우리의 구한말 역사와 오버랩되어 묘한 동질감 같은 것이 느껴졌다.*

역사 교육이 끝날 때쯤에는 주말마다 외박을 허용해 주었다. 원래 외박이라는 것은 부대에서 아무 잘못을 저지르지 않았다는 전제 아래 분기당 한 번 나갈 수 있는 것인데 3~4주를 연달아 외박을 허용해 준다니, 파병 생활이 얼마나 힘들기에 이런 호의를 베푸는 것일지 내심 겁나기도 하였지만 지금은 그 호의를 기쁘고 감사한 마음으로 받아들이기로 했다. 나는 자대에서 외박을 사용하려 할 때마다 북한에서 오물풍선이 날아오는 바람에 비상대기가 걸렸기에 입대 이후 첫 외박을 이곳에서 하게 되었다.

몇 개월 만에 처음 사회로 돌아간다면 무엇을 하면서 보낼지 상상만 해도 설레지 않는가? 본인이 까까머리라는 사실을 까마득히 잊어버렸는지 클럽으로 직행하는 인원도 있었고 그저 조용히 집에서 부모님과 시간을 보내는 인원도 있었다. 나는 집이 멀어 매주 다녀오기에는 교통비와 시간의 부담이 너무 컸다. 그래서 찜질방에서 숙식을 해결하며 세종에 사느라 오랫동안 가지 못했던 서울의 산들을 전전했다. 훈련소 동기와 인왕산을 다녀오고, 고등학교 선배들과 남한산을 다녀왔으며 자대 선임들에게 면회를 가서는 짜장면과 탕수육을 사주기도 했다. 그러니까 평일에는 교육을 받고 주말에는 등산을 다니며

---

*   레바논의 간단한 역사는 책 말미에 첨부해 두었으니 관심 있는 분들의 일독을 권한다. 레바논의 역사를 먼저 읽고 이어지는 파병일기를 읽으면 이해와 몰입이 용이할 것이다.

유난히도 무더웠던 8월을 만끽했다.

교육 중반 무렵에는 주특기 교육, 그러니까 통신병으로서 임무 수행을 위한 각종 이론과 실습 교육이 시작됐다. 나는 통신병의 보직을 부여받기는 했지만 공병부대에서 노가다를 주로 해왔기 때문에 통신에 대해서는 아는 바가 거의 없었다. 그래서 교육을 받으면서도 사실 이해하는 내용보다 이해하지 못하는 내용이 더 많았던 것 같다. 그럼에도 전혀 문제가 되지 않았던 것은 내가 해외 파병에 선발될 때 유선반으로 선발되었기 때문이다. 통신중대는 크게 유선반, 무선반, 전산반으로 나뉘었는데 쉽게 설명하면 무선반은 각종 무전기와 위성통신 장비 관리를 담당했고 전산반은 프린터와 인터넷·인트라넷 등의 네트워크 관리를 담당했다. 유선반은 무엇을 담당했느냐? 그저 땡볕에 나가서 통신선을 가설하고 가끔 행사가 있을 때 음향장비(주로 무거운 엠프)를 나르고 설치하는 일을 담당했다.

그러니까 유선반은 통신장비의 원리를 이해하거나 기계 앞에 앉아 그것을 조종할 필요가 없었다. 그저 사다리를 잘 타고, 지붕 위에 잘 올라가며, 풀숲과 철조망을 잘 헤치면서 무거운 짐이나 잘 나르면 될 뿐이었다. 그 사실을 조금만 더 일찍 알았다면 주특기 교육에 더 편한 마음으로 임했을 텐데! 생전 처음 마주하는 통신장비와 암호장비들, 그리고 그들의 작동 방식을 숙지하느라 교육 기간 동안 꽤 애를 먹었지만 그럴 필요가 없었던 것이다. 왜냐하면 그것은 무선반이나 전산반 친구들이 할 일이고 나는 파병 기간 동안 한 손에 통신선을 붙잡고, 다른 한 손으로 장애물을 치우고 나아가거나 사다리를 붙잡고 오르내릴 운명이었으니까. 그리고 사실 아무리 어려운 일이라도 익숙해지면 수월해지기 마련이니 구태여 미리부터 임무 수행을 걱정할 것도 아니었다.

그 무렵 나를 걱정시켰던 다른 요소는 체력검정이었다. 아무래도 아프면 제때 치료받기 어려울뿐더러 국내보다 환경도 열악한 파병지의 여건을 생각하면 사지 멀쩡하고 신체 건강한 인원들만 추려서 데려가고 싶은 것이 당연하기 때문에 파병 교육 기간 동안 체력검정 절차가 있었다. 하지만 나는 다른 용사들에 비해 나이도 들었을뿐더러 혈압도 꽤 높고 가족력의 영향으로 심혈관계도 삐걱거렸다. 게다가 대학 3년, 고시 공부 2년, 직장 생활 3년을 거치며 나의 신체 능력은 영락없는 백면서생 수준으로 퇴화되어 있었기 때문에 나의 우려는 일면 합당한 것이기도 했다. 그래서 무더운 여름날이었지만 시간이 날 때면 무작정 달리거나 팔굽혀펴기를 하며 기준을 넘기고자 발버둥을 쳤다. 기껏 파병에 선발되어 평생 못 볼 것처럼 작별인사를 하고 떠났는데 체력 문제로 원래 부대로 복귀하면 얼마나 수치스러울지 상상조차 하기 싫었다. 그래도 원 부대에서부터 계속 달리고, 역기를 들었던 덕분에 체력검정은 가까스로 통과할 수 있었다. 말을 듣지 않으면 원래 부대에 보내버리겠다며 내심 우리를 주눅 들게 했던 간부들도 교육 기간 막바지에 접어들면서 우선은 다 함께 출발한다는 것을 전제로 하는 것 같아 내 마음은 조금씩 안정을 되찾기 시작했다. 그리고 비행기가 뜨고 나면 웬만큼 큰 문제가 아니고서는 한국에 돌려보내기 어려울 테니 한시름 놓고 생활할 수 있을 터였다.

이제 문제는 레바논의 안보 상황뿐이었다. 연일 뉴스에서는 레바논과 이스라엘의 갈등이 고조되고 있다는 사실과 우리 외교부가 계속해서 현지 교민들의 출국을 권고하는 것을 보도하고 있었기 때문이다.

30시간을 날아서

교육 기간 동안 우리는 점점 격해지는 이스라엘과 레바논의 갈등 상황을 바라보며 레바논으로 가는 비행편이 모두 막혀버리는 것은 아닐지, 혹은 동명부대가 철수해서 우리는 레바논 땅을 밟아보지도 못한 채 해산해 버리는 것은 아닐지 우려하고 있었다. UN 평화유지군 교육을 위해 방문한 국방대학교의 교수님들이나 부대의 간부님들도 용사들이 동요하거나 무섭진 않은지 종종 물어보시면서 너무 우려스럽다면 지금 복귀해도 된다고 말씀하셨다. 그러나 우리 인원들은 자진해서 레바논 파병에 지원한 탓인지 다들 초연했다. 오히려 이렇게 아무것도 하지 못한 채로 돌아가는 것은 너무 허무하니 더 분쟁이 치열해지더라도 현장에는 가보고 싶다는 생각을 하고 있었다. 지금처럼 불확실한 상황이 계속 이어지는 것보다는 차라리 지금 당장이라도 레바논으로 날아가서 임무를 시작하고 싶었다. 파병이 취소될 수도 있다는 걱정, 레바논에 가지 못할 수도 있다는 걱정은 이제 이골이 나던 참이었다.

뒤숭숭한 동요 속에서도 마침내 9월이 다가왔다. 출국일이 코앞으로 다가왔으니 파병 출정식을 진행했는데 행사가 수도권에서 진행되었기 때문에 부모님께는 행사에 오시지 않으셨으면 좋겠다고 말씀드렸다. 30분의 행사를 위해 경남에서 왕복 12시간의 거리를 오고 갈 이유가 없다고 생각했고, 심지어 아버지는 심장 수술을 하신 지 얼마 안 되었기 때문에 장시간 운전을 하시는 것도 심히 염려됐다. 그러나 한사코 출정식에 오시겠다고 고집하시기에 그것을 말리지는 못했다. 내가 대학에 입학하던 날, 졸업하던 날에 이어 부모님이 세 번째로 수도권에 올라오신 날이 파병 환송식이었다.

출정식은 특전사령관의 참관 아래 진행되었다. 애석하게도 2024년의 여름은 유난히도 더웠다. 그리고 행사 중에 착용해야 했던 UN군의 하늘색 베레모는 물자가 부족한 탓인지 대부분의 사람들이 머리에 맞는 사이즈를 지급받을 수 없어 조금씩은 작은 베레모를 지급받아 억지로 머리에 끼워두거나 얹었다. 지급받은 베레모를 10분 이상 착용하고 벗으면 마치 긴고아로 머리를 조인 것처럼 선홍빛 자국이 고스란히 남았는데 그것을 착용한 채로 습하고 더운 야외에서 행사를 진행했으니 무척이나 진이 빠졌다. 훗날 뉴스에서 숱하게 접할 K 특전사령관의 격려와 함께 우리는 파병 전 마지막 휴가를 떠났다.

막상 휴가를 나와도 딱히 하고 싶은 것은 없었다. 내 정신은 이미 레바논에 고정되어 있기도 했고, 마땅히 할만한 일이 떠오르지도 않았다. 중동에서 먹지 못할 음식들을 몽땅 먹기에는 최근에 탈이 난 상태였고 친구를 만나기에는 다들 서울이나 대전 등지로 흩어져 있어 고향에서는 만날 수 없었다. 그저 부모님과 함께 고향 경남의 남해 바다에서 넘실거리는 파도 위로 부서지는 햇빛을 눈에 담았고 함양의 선산과 대전 현충원에 가서 할아버님 할머님께 성묘를 했다. 그것 외에는 손에 잡히는 일도, 잡고 싶은 일도 없었다. 부대로 복귀하는 길에는 세종에 들러 함께 일했던 동료들과 내가 모셨던 분들께 인사를 올렸다. 내가 파병에서 복귀하고, 군대를 전역하면 이곳도 많이 변해 있을 것이다. 입대하기 전에도 아는 것 적고 글빨도 부족하게만 느껴졌는데 여기서 1년이나 군에 있다가 돌아가면 일을 잘할 수는 있을까 하는 막연한 걱정도 들었지만 지금 당장은 레바논 땅에서 무사히 돌아오는 것이 더 중요한 과제였다.

파병은 1제대와 2제대로 나누어 병력을 전개했는데 나는 1제대에 배정되었기 때문에 휴가에서 복귀하는 날 바로 출국하는 비행기를 타야 했다. 그맘때쯤 베이루트 공항에 취항하던 한국 비행편이 모두 운행 중단되었기 때문에 우리 부대는 비행편을 찾는 것에 어려움을 겪었다.

최종적으로 결정된 것은 한국에서 아랍에미리트의 아부다비까지 비행기를 타고 갔다가 그곳에서 다른 항공사의 비행기로 환승하여 베이루트로 이동하는 계획이었다. 베이루트에서 레바논 남부의 동명부대까지 이동하는 것에도 시간이 소요된다는 점을 감안하면 총 30시간의 이동 계획인 것이다.

휴가를 마치고 복귀한 우리들은 바로 짐을 챙겨 떠날 채비를 마쳤다. 2제대로 열흘 남짓 후에 출발할 인원들은 어두운 길가에 늘어서 휴대폰 플래시를 반짝이며 우리를 배웅해 주었다. 이윽고 도착한 공항에서 각종 캐리어와 PP박스를 적재하고 나니 새벽의 적막한 고요함이 몰려왔다. 워낙 이른 시간이라 그 넓은 공항에 군복 입은 사람들만 우르르 몰려다닐 뿐이었다. 가족에게 안부 전화를 하기에는 꽤 늦은 밤이어서 우두커니 의자에 기대어 비행기에 탑승하기를 기다렸다. 머지않아 아부다비로 향하는 비행기가 이륙했다. 선배들이 스마트팜 수출 계약을 지원하겠다며 별안간 아부다비로 떠났다가 초콜릿 잔뜩 묻힌 대추야자를 양손 가득 들고 돌아오던 것 말고는 큰 접점이 없던 그 도시에 환승을 위해 날아가고 있던 것이다.

그런데 한 가지 사소한 불편함이 있었다. 우리는 한국에서는 대한민국 육군의 자격으로 파병을 떠나는 것이라 군복을 입고 나왔고 베이루트에는 UN 평화유지군의 자격으로 입국하는 것이니 군복을 입고 들어가야 하는데 아부다비는 오직 환승을 위해 들르는 경유지여서 공항 측에서 군복 착용을 허락하지 않은 것이다. 그래서 우리는 한국에서 아부다비를 향하는 비행기 안에서 생활복으로 환복했다가 아부다비에서 레바논으로 가는 비행기에서는 군복으로 환복해야 하는 사소한 불편함이 생기고 말았다. 어쩔 도리 없이 우리는 화장실에서 주섬주섬 옷을 갈아입고 아부다비 공항에 내릴 채비를 갖추었다.

처음 마주한 아부다비는 내가 생각했던 중동의 모습 그 자체였다. 대기에 모래를 한 움큼 흩뿌려 놓은 것 같은 탁한 시야에 햇볕은 따가웠으며 그늘에 있으면 열감이 전혀 느껴지지 않았다. 그리고 공항은 여느 대도시의 허브공항 못지않게 거대했다. 이곳에서 환승을 위해 세 시간가량 대기해야 하는 만큼 공항에서 식사를 해결하는 편이 나을 것 같아 주변을 돌아다녔다. 매번 먹던 햄버거보다는 조금 특색 있는 요리를 먹고 싶어 두리번거리던 찰나 레바논이라고 적혀 있는 간판이 눈에 들어왔다. 이왕 레바논에 파병을 가는 만큼 미리 현지 음식을 먹어보자는 생각으로 식당에 들어갔지만 사실 레바논 음식에 대해 아는 바는 전혀 없었기에 그냥 세트 메뉴를 주문했다.

건네받은 음식의 고기가 양고기인 것은 얼추 알겠는데 함께 나온 매시드 포테이토 같이 생긴 음식은 무엇인지 전혀 감을 잡지 못했다. 감자라고 하기에는 구황작물 특유의 묵직한 맛이 없었고 포만감이 부족한 것을 보면 다른 종류의 탄수화물 덩어리도 아닌 것 같았다. 동물의 젖으로 만든 크림일까 싶었지만 그러기엔 동물성 재료의 고소함이 부족했다. 훗날 레바논 현지인에게 물어 알게 된 것이지만 그것은 콩을 갈아서 만든 '후무스'라는 음식이라고 한다. 레바논 사람들이 매일매일 집에서 먹는 가장 대표적인 음식이라고 하는데 그것을 무엇인지도 모르는 채로 아부다비에서 먹은 것이다. 그것이 레바논 음식과 나의 첫 만남이었다.

점심을 먹고 조금 쉬다 보니 베이루트로 가는 비행기의 출발 시각이 다가왔다. 베이루트로 가는 비행기는 한국에서 올 때보다 훨씬 덥게 느껴졌다. 아무래도 에어컨이 시원치 않은 모양이었다. 더위에 시름시름 시들어 가며 기내식만 먹고 군복으로 갈아입어야겠다고 생각하며 승무원으로부터 기내식을 건네받았다. 인디카 쌀(안남미)로 만든 볶음밥을 숟가락으로 퍼 입에 집어넣으며 레바논에서는 자포니카 쌀을 먹을 수 있을까 하는 공연한 걱정을 했다.

기내 안내방송에 표시된 비행경로는 아부다비에서 레바논까지 일직선으로 가지 않고 이집트 상공을 통해 빙 둘러 가는 것으로 표시되어 있었는데 아무래도 시리아와 이스라엘 상공을 가로지르기에는 어떤 위험요인이 있을지 몰라 비용이 더 들더라도 이집트를 통하는 것 같았다. 문득 전쟁이란 인간이 할 수 있는 가장 비효율적인 행위라는 생각이 들었다. 단순히 폭탄과 사람의 목숨을 길바닥에 흩뿌리는 것을 넘어 비행경로를 비효율적으로 구성해야 하는 것까지 도무지 생산적인 면이라고는 찾아볼 수가 없었다. 그러다가도 이내 고물 에어컨에 땀을 흘리며 화장실에 군복을 가지고 들어가 엉거주춤 옷을 갈아입었더니 곧 비행기가 착륙한다는 안내방송이 나왔다.

덜컹거리는 창문 밖으로 보인 베이루트는 걱정했던 것보다 평화로워 보였다. 도시에 듬성듬성 솟아 있는 언덕에는 부산 감천마을이나 통영 서피랑을 연상케 하는 달동네가 빼곡히 들어서 있었고 그다지 높은 건물은 보이지 않았다. 공항이란 으레 중심지에서 떨어져 있는 것이기에 관광지로 유명했던 베이루트의 명성에 걸맞은 풍경은 볼 수 없었다. 곧 비행기는 미끄러지듯 활주로에 들어섰고 그 작은 바퀴는 기꺼이 비행기와 탑승객의 무게를 지탱하며 지면과 맞닿았다. 휴대폰 전원을 켜자 무수한 문자가 수신됐다. '[외교부] 레바논 남부 접경 지역(5km)에 여행경보 4단계(여행 금지), 이외 지역 여행경보 3단계(출국 권고) 발령, 긴급 용무 아닐 시 여행 취소 및 신속 출국 요망', '이스라엘 국경, 시리아 국경, 베이루트 남부, 난민촌, 트리폴리 등 무장 충돌, 테러, 납치 위협, 출입 자제' 모르긴 몰라도 긴장감을 조금 끌어올리고 정신을 똑바로 차려야 할 것 같았다.

비행기에서 일어나 공항으로 들어서자마자 분주해졌다. 각 부서별로 인원 파악을 하면서 최대한 빨리 캐리어를 찾아 출발해야 한다는 전파가 계속됐다. 우리가 서두른들 비행기에서 캐리어가 금방 나오지는 않을 터이지만 베이루트 공항에 착륙하는 비행기가 거의 없다 보니 생각했던 것보다 빨리 짐을 찾을 수 있었다.

우리가 타고 이동해야 하는 버스는 공항 바로 앞에 주차되어 있다고 해서 그리로 이동했다. 공항을 나오자 뜨거운 열기와 강렬한 햇빛이 우리를 반겼다. 그 탓인지 버스도 데워놓은 양은 도시락처럼 후끈거렸는데 이미 출발로부터 26시간이 지난 시점이어서 이 버스를 타고 주둔지에 도착할 때까지 내가 견딜 수 있을지 확신이 서지 않았다. 더욱 절망적인 것은 주둔지에 도착할 때까지 방탄복과 방탄모를 착용한 상태로 이동해야 한다는 것과 지금 당장 출발하는 것이 아니라 안전한 이동을 위해 어느 집결지에서 해가 질 때까지 대기했다가 출발한다는 사실이었다. 모든 사람들이 예민해져 있었고 워낙 서두르고 있었기 때문에 지칠 새도 없이 서둘러 방탄복과 방탄모를 껴입고 대기할 장소로 출발했다.

도착한 장소에는 흰색 바탕에 UN이라고 적힌 버스와 SUV가 가득했다. 아무래도 이곳에 주둔하는 UN군들이 베이루트 방문 시에 공동으로 사용하는 공터인 듯 보였다. 데이터도 터지지 않고 몸은 이미 지칠 대로 지쳤는데 여기서 해가 질 때까지 어떻게 버텨내야 할지 막막했다. 하늘은 그저 파랗고 또 파랬으며 그 아래로 우뚝 솟은 야자나무와 산등성이의 달동네들이 보였다.

그나마 반가운 소식은 주둔지에 도착하면 현지 시각으로 20시는 족히 넘을 것이기에 저녁을 이곳에서 해결한 후에 이동한다는 것이었다. 현지 햄버거 가게인 '알-자와드'의 햄버거와 콜라 캔을 배급받아 내리쬐는 햇볕을 피하려 버스 그늘에 자리 잡았다. 케첩과 마요네즈를 섞어 맛을 낸 햄버거가 그렇게 달콤할 수 없었다. 마지막 한입을 먹을 때까지 콜라가 바닥나지 않도록 무진장 신경 쓰며 콜라와 햄버거를 번갈아 먹어치웠다. 그러고도 시간이 가지 않아 지루함과 여독에

범벅이 되어가면서 산등성이 너머로 해가 넘어가기를 간절히 바랐다. 반쯤 정신이 나가려고 할 때쯤 곧 출발해야 하니 어서 버스에 올라 방탄복과 방탄모를 입으라고 하기에 냉큼 버스에 올랐다. 지난 비행기부터 이 버스까지 에어컨 상태가 좋지 않은 것인지, 아니면 어떤 에어컨도 중동의 열기를 이길 수 없는 것인지는 모르겠지만 여전히 실내는 열감으로 가득했다. 그렇지만 이제 그런 것은 아무 상관이 없었다. 한 시간 남짓한 시간 뒤에 우리는 주둔지에 도착해 거북이 등딱지처럼 느껴지는 짐을 바닥에 내팽개치고 쉴 수 있을 테니 말이다.

　버스는 해안도로를 따라 엉금엉금 이동했다. 생각보다 교통량이 많아 좀처럼 속도를 내지 못했지만 그 덕분에 창밖으로 보이는 지중해를 눈에 담을 수 있었다. 안전을 위해 버스 창문에 부착된 커튼을 모두 펼쳐놓았지만 그 틈새로 빼꼼빼꼼 바깥 풍경을 구경했다. 베이루트를 빠져나오자 키 작은 야자나무를 심어놓은 농장이 가늘고 길게 이어졌다. 대부분이 바나나 농장이라고 하는데 우리나라와 위도가 비슷한 지역임에도 바나나를 키우기에 훨씬 적합한 기후인 것 같았다. 내가 휴직할 때쯤 농식품부 내부에서도 기후 변화에 대응하기 위한 전략과 과제를 고민하면서 기존에 재배하던 작물의 품종개량과 새로운 작물의 도입을 함께 고민하기 시작했는데 레바논의 바나나 농장을 보니 우리나라의 위도에서도 단가만 맞으면 열대작물을 기를 수 있겠다는 생각과 반세기 후의 우리 농업은 정말 달라져 있겠다는 생각이 들었다.

　해안도로가 끝나고 조금은 마을 같은 지역이 보이기 시작하자 이십여 분 후에는 주둔지에 도착한다는 반갑기 그지없는 전언이 있었다. 아직 현지 유심을 장착하지 않아 구글맵을 볼 수 없었기에 정확히 어디쯤인지는 갈피를 잡지 못했지만 곧 도착하겠거니 하면서 어느새 어두워진 도로를 훑고 있었다. 그러다가 저만치 건너 우뚝 솟은 언덕 위로 주변과 어울리지 않게 가로등과 흰색 컨테이너가 빼곡한 지역이 눈에 들어왔다. 정황상 저곳이 우리 주둔지가 아닐까 생각하며 예의주시하고 있었는데 버스가 점점 그 언덕으로 다가가고 있었다. 주변에 농장만이 가득한 좁은 도로를 따라 다가간 언덕에는 큼지막한 표지판이 있었는데 그곳에 쓰여 있는 'Peace to Lebanon, ROKBATT(Republic Of Korea battalion)'라는 글귀를 보자 그제야 안도할 수 있었다. 레바논에 주둔 중인 UN군의 한국대대 주둔지에 드디어 도착한 것이다. 버스가 힘겹게 올라가고 있는 이 이름 모를 언덕이 앞으로 8개월 동안 내가 임무 수행하며 일하고, 살고, 쉴 공간이었다.

어둑어둑해진 도로를 따라 버스는 연병장으로 들어갔다. 그곳에는 우리보다 8개월 앞서 임무 수행을 하고 있던 29진 인원들이 출국할 때의 우리 동료들과 마찬가지로 휴대폰 플래시를 켠 채 그것을 마구 흔들며 우리를 반겨주고 있었다. 십자가 모양으로 산란되는 그 빛들 너머로 그들의 얼굴은 보이지 않았지만 반가운 마음이 창문 너머로 느껴졌다. 왜 그렇게 반가워했을까, 오랜만에 만나는 새로운 한국인이 반가워서? 우리가 온 덕분에 그들이 집에 갈 수 있으니까? 아니면 내가 훈련소를 수료할 때쯤 사복을 입고 어리바리 입영하는 신병들을 마주한 기분과 비슷한 기분이었을까? 어떤 연유에서인지는 모르겠지만 법원 앞의 플래시 세례 비슷한 것을 받으며 마침내 방탄복과 방탄모를 벗을 수 있었다.

그리고 이제야 방에 들어가 쉴 수 있으리라 기대했는데 이미 레바논에 와있던 단장님께 전입 신고식을 해야 한다는 힘 빠지는 얘기를 들었다. 어쩔 수 없이 버스에서 빼낸 짐과 캐리어를 연병장 한 모퉁이에 모아둔 뒤 오와 열을 맞춰 정렬했다. 몇 차례 우렁찬 충성을 하고 훈시 말씀을 들은 뒤 환영의 의미로 단장님과 한 명씩 악수를 했다. 그리고 드디어 우리는 방을 안내받을 수 있었다. 우리가 생활할 공간은 연병장에서 약간의 경사로를 따라 올라가면 만날 수 있었는데 컨테이너 여러 개를 줄 맞춰 배열하고 그 위에 재차 컨테이너를 쌓은 2층 건물이었다. 비록 제대로 된 건물은 아니었지만 컨테이너를 기반으로 샤워실도 있고 화장실도 있었다. 그리고 2007년 첫 파병 이후로 여건 개선 작업이 계속 이루어진 덕분에 간부들은 컨테이너 하나를 온전히 쓸 수 있었고 용사들은 컨테이너 하나를 두 명이 사용할 수 있었으며 자대에서 사용하던 평상이나 3단 매트리스를 사용하는 전혀 푹신푹신하지 않은 침대가 아닌 진짜 침대가 배치되어 있었다! 비록 컨테이너가 철로 만들어진 까닭에 소음에 취약하고 특히 위층에서 울리는 소리는 온 건물로 퍼져나가는 사소한 애로사항은 있었지만 이 숙소를 처음 마주한 나는 기대했던 것보다 훨씬 쾌적해 보이는 공간이 그저 만족스럽게 느껴졌다. 좁은 방에 다닥다닥 붙어 생활하던 자대에서의 생활을 생각하면 분에 넘치는 호사였다.

연병장 모퉁이에 내팽개쳤던 캐리어를 챙기러 나갔더니 여느 군 부대와 다르게 이 늦은 시간까지 가로등이 환하게 켜져 있었고 건물 주변 바닥에는 노란빛 조명이 은은하게 빛을 뿜고 있어 그 운치를 더했다. 부대 너머는 어둑어둑했지만 바나나 농장의 키 작은 과일나무들 주변으로 군데군데 키 큰 야자나무가 우뚝 솟아 있어 이국적인 분위기를 연출했다. 비록 항상 가로등이 켜져 있어 별을 보기는 어려웠지만 해가 떨어지면 금세 어두워지는 대한민국의 여느 야전부대보다 화사한 느낌마저 들어 나쁘지 않게 느껴졌다. 하지만 우리는 곧 몸으로 알게 되었다. 우리가 항상 부대를 밝게 유지하고 흰색 지붕 위에도 UN이라는 글자를 큼직큼직하게 적어놓는 이유는 우리의 편의 따위를 위해서가 아니라 오인 폭격을 방지하기 위함이라는 것을.

2 제대를 기다리며

무려 30시간 동안 비행기와 공항을 전전하며 제대로 눕지도 못하다가 드디어 침대에 편히 누워 잤더니 그렇게 개운하고 상쾌할 수가 없었다. 한국보다 6시간이 느린 시차에 적응하지 못할까 걱정도 했지만 그간 여독이 쌓인 탓인지 그런 우려가 우습게도 너무 달콤한 잠을 자고 일어났다. 상쾌한 첫 출발이었다.

주둔지 숙소는 컨테이너를 일렬로 세워두어 그 사이로 자연스럽게 복도가 형성되어 있었는데 길게 뻗은 복도 너머로 아침 햇살을 받은 레바논의 풍경이 보였다. 숙소 건너편에는 언덕이 하나 있었는데 약간의 관목과 풀이 자라 있는 것을 제외하면 민둥산처럼 보였다. 그 언덕과 우리 주둔지의 언덕 사이로 좁은 아스팔트 도로가 굽이굽이 뻗어 있었고 그 끝에는 티르라는 작은 도시가 자리하고 있었다. 성경에서는 '두로'라는 이름으로 등장하는 아주 오랜 도시로 페니키아 상인들의 지중해 무역의 중심지였다가 근래에는 난민촌 학살사건 이후 베이루트에서 쫓겨난 이스라엘군이 사령부를 설치한 도시이기도 했다. 티르에는 페인트칠을 한 듯 안 한 듯한 건물들이 삐죽삐죽 보였고 그 너머에는 지중해가 펼쳐져 있었다. 우리 주둔지에서는 지중해의 작은 조각을 건물 사이로 엿볼 수 있었다. 다시 시선을 끌고 와 주둔지 인근을 톺아보면 우리 주둔지가 자리한 언덕 근처로 바나나 농장이 빙 둘러져 있었고 이따금씩 민가의 모습도 보였다. 남부 레바논의 첫인상은 영화 〈시네마 천국〉이나 〈대부〉에서 묘사한 과거의 시칠리아와 비슷한 감상이었다.

6시 30분이 되자 아침점호를 위한 기상곡이 스피커를 타고 흘러나왔다. 밤새 근무나 작전에 참여한 인원을 제외하면 용사, 간부, 군무원 할 것 없이 모든 병력들이 연병장에 집합해 아침점호를 받아야 했기에 우리도 서둘러 연병장으로 내려갔다. 밤새 심심했던 개 세 마리가 사람들이 우르르 몰려오니 신나서 사방팔방 뛰어다니기 시작했다. 부대에는 개 세 마리를 키우고 있었는데 나이 많은 암컷 하얀색 개가 '동명'이, 쌍둥이이자 젊은 수컷 삼색 점박이 개들은 각각 '세계'와 '평화'였다. 한국 부대에서는 위생이나 안전사고를 방지하기 위해 가급적 동물을 키우지 않는 것에 반해 UN군은 동물에 아주 관대했다. UN 평화유지군의 SOP(표준운용절차)상으로도 부대에 들어온 동물을 내쫓거나 학대하는 행위를 하지 못할 것을 명시하고 있었기 때문에 가능한 일인 것 같다. 그 때문인지 개 세 마리뿐만 아니라 고양이들도 컨테이너마다 터줏대감같이 둥지를 틀고 있었다. 우리가 생활하는 동명부대에는 털북숭이 이웃이 잔뜩 있었던 셈이다. 개들이 아웅다웅하며 짖

어대는 사이 우리는 모여서 인원 점검을 하고, 애국가를 부르고, 복무 신조를 외치며 아침점호를 마치고 아침식사를 하러 이동했다.

동명부대의 식당에 대해서도 할 말이 많다. 으레 한국의 야전부대는 1인당 할당된 식비와 식재료가 정해져 있기 때문에 좋아하는 반찬을 제한 없이 배식받는 것은 사실상 불가능하다. 특히 에이스 반찬에 대해서는 통제가 엄격한데 '동그랑땡 1인당 3개' 같은 안내문이 배식대 앞에 붙어 있기 일쑤였다. 그런데 동명부대는 그렇지 않았다. 식당한켠에는 우유가 산더미같이 진열되어 있었고 그 옆에는 계란을 구울수 있는 철판과 함께 계란 열 판 정도가 쌓여 있었으며 추가로 매일매일 빵집에서 배달받는 빵도 진열되어 있었다. 정규 배식 메뉴에 더해 본인이 먹고 싶은 만큼 계란을 구워 먹고 빵과 우유를 먹을 수 있는 구조였다. 얼마나 축복받은 일인가!

다만 아쉬운 점이 두 가지 있었는데 하나는 김치 수급이 불가능한 레바논의 특성상 26년 평생을 먹어온 배추김치를 먹을 수 없다는 점과 둘째로 식자재 수급이 어려운 탓인지 아니면 귀국을 앞둔 취사병들의 의욕이 꺾인 탓인지 삼시 세끼 닭가슴살 메뉴만 편성되어 있었다는 점이다. 어떻게든 현지에서도 김치를 배식할 수 있도록 취사병들이 수급할 수 있는 재료를 활용해 김치 비슷한 것을 만들어 놓기는하였으나 양배추와 고춧가루만으로 만든 정체불명의 반찬은 감히 김치라고 부를 수 없는 것이었다. 과거 동티모르에 파병 갔던 특전사들이 한국에 귀국하자마자 온갖 반찬을 제쳐놓고 흰 쌀밥을 수북이 쌓아 오직 김치만 먹어치웠다는 일화를 들은 적이 있는데 몇 개월을 김치 없이 살면 나 같아도 그렇게 되겠다는 생각이 들었다.

그리고 나도 닭가슴살을 가리지 않고 곧잘 먹는 성격이고 자취할 때도 돈을 아끼기 위해 냉동 닭가슴살을 100g당 500원꼴로 사서 매일매일 먹어왔다지만 된장국에도 닭가슴살, 미역국에도 닭가슴살, 에이스 반찬도 닭 간장조림이나 닭 고추장 조림이 배식되다 보니 닭가슴살이 금방 질려버리고 말았다. 속으로 카길이나 비욘드 미트 같은 기업도 상용화하지 못한 인공 배양육 기술이 레바논 어딘가에서 암암리에 활성화되어 닭가슴살을 마구 찍어내고 있는 것이 틀림없다고 생각할 정도였다. 30진 취사병들이 오면 상황이 더 나아지지 않을까 희망을 품으면서 특히 연말쯤에는 민간 급식업체에 의한 급식을 시작한다고 하니 계속 나아질 일만 남았다며 나를 위로했다.

　　우리는 2제대가 오기 전까지 1주일 동안 29진으로부터 인수인계를 받았다. 각종 통신장비와 물자들이 서류상으로 기재되어 있는 수량과 실제 수량이 맞는지 확인하기 위해 연일 창고를 헤집었고 통신선을 설치할 때 기준점이 되는 단자함들의 위치를 파악하고자 부대 곳곳을 돌아다녔다. 그 와중에 우리 사무실에 현지인 한 명이 찾아왔는데 머리숱은 적었지만 풍채가 건장하고 영어를 잘했던 그는 자신을 슐레이만이라고 소개했다. 각종 전산 소모품을 비롯해 필요한 물건이 있으면 자신이 구해주겠다며 연락처를 남겼는데 우리는 부대 밖으로 나가기 힘든 만큼 필요한 물건은 현지인을 통해 구하는 듯했다. 동명부대에는 두 명의 업자가 경쟁 관계에 있었는데 주로 식료품과 음식 배달을 취급하고 스스로도 음식을 만들어 파는 핫산이 '레바논 하우스'라는 가게를 운영하고 있었고, 공산품을 주로 취급하지만 수완이 좋아 각종 공사계약도 수주하는 슐레이만이 '지중해 카페'라는 가게를 운영하고 있었다.

　나는 용사들의 주요 업무라고 할 수 있는 24시간 지휘통제실 근무에 대해서도 인수인계를 받아야 했는데 30진부터는 통신병들이 무전병 근무만 서는 것이 아니라 상황병 근무에도 투입된다고 해서 나는 무전병과 상황병 인수인계를 모두 받아야 했다. 상황병 근무는 UNIFIL 본부에 보고서를 보내거나 그곳에서 전화가 오면 영어로 응대도 해야 하는 역할이었는데 유학파들에 비해 영어가 미숙했던 나는 상황병 근무를 설 자신이 없다고 했지만 나의 엄살 아닌 엄살은 무시당했다. 이왕 이렇게 되었으니 매일매일 이탈리아인들과 전화영어를 공짜로 하게 되었다고 긍정적으로 생각하며 영어 공부를 할 기회로 삼으면 될 일이었다. 중간중간 인수인계를 받으러 지휘통제실을 들락거리기는 했지만 아직 근무에 투입되고 있지는 않아 시간적 여유가 꽤 많았다. 앞으로도 이런 꿈같은 생활이 이어지면 좋겠다고 생각할 정도였다.

　우리의 여유를 더욱 더해주는 것은 현지 고용인들의 역할도 컸다. 원래 야전부대에서는 20시 내지 21시가 되면 모두 모여 화장실 청소, 분리수거, 생활관 청소 등을 해야 했는데 이곳에서는 월 500달러 정도에 현지인을 고용해 화장실 청소나 샤워실 청소를 맡겼고 매일 UN 직원이 쓰레기차를 몰고 와서 부대의 쓰레기통을 비워주었다. 근무에 투입되기 전까지 이 말도 안 되는 여유를 잔뜩 만끽해야 한다는 것쯤은 본능적으로 알 수 있었다. 그래서 여유 시간에 근력 운동, 유산소 운동, 독서 등을 잔뜩 하면서 곧 다가올 시련을 어렴풋이 각오하고 있었다.

이래서 반가웠던 거구나

이스라엘과 레바논의 국경 지역은 '블루라인'이라고 하는데, 그 기원은 2000년으로 거슬러 올라간다. 당시 레바논 남부에 주둔 중이었던 이스라엘군은 UN의 중재에 따라 레바논에서 철수해야 했다. UN은 '블루라인'이라는 임의의 철수선을 설정해 그보다 더 남쪽으로 군을 물릴 것을 요구했다(UN의 상징색이 하늘색이어서 블루라인으로 이름을 명명한 듯하다). 그렇기 때문에 블루라인은 처음에는 국경이 아닌 '철수 기준선'으로 설정되었지만 그 선을 기준으로 20년간 헤즈볼라와 이스라엘의 국지적 교전이 이어지면서 실질적인 국경선으로 기능하고 있었다.

블루라인 인근에 위치한 이탈리아 부대나 가나 부대, 아일랜드-폴란드 부대는 그 위치상 헤즈볼라와 이스라엘의 교전에 노출되어 있었는데 그에 반해 한국의 동명부대는 국경으로부터 30km가량 떨어져 있어 상대적으로 안전했다. 그럼에도 불구하고 우리는 깜짝깜짝 놀라는 일들이 있었는데 바로 '소닉붐'* 때문이었다. 원래 사람이 거주하고 있는 지역에서는 음속을 넘어 비행하는 것을 금지하고 있지만 이스라엘의 전투기는 레바논 상공을 비행하며 의도적으로 초음속 비행을 하여 헤즈볼라에게 경고성 메시지를 보내왔던 것이다. 명백한 비우호적 비행 행위였다. 그와 동시에 이스라엘은 자폭 드론 등을 활용해 헤즈

---

*   소닉붐: 비행기가 음속을 넘어 비행할 때 발생하는 것으로서, 비행기의 속도가 음속보다 빨라 비행기의 운동 방향으로 퍼져나가는 소리의 파동을 비행기가 따라잡음으로써 공기의 밀도가 급격히 압축되고 이내 압축된 공기가 폭발하면서 큰 소음이 발생하는 현상

볼라 인사들을 암살하고 있었다.

우리는 레바논에 도착하고 일주일가량이 지났을 때 소닉붐을 처음 듣게 되었는데 훗날 듣게 될 폭격 소리나 미사일 발사 소리보다 훨씬 큰 소리에 당황할 수밖에 없었다. 굳이 비교하자면 직접 돌격소총을 발사하는 소리와 비슷한 정도의 소리크기였고 그 진동 때문에 책상 위에 세워둔 책이 무너질 정도였다.

소닉붐은 2제대 인원들이 레바논으로 도착하는 날이 가까워질 무렵 점점 잦아지고 있었다. 우리 30진의 2제대 입국은 29진 2제대의 출국과 동시에 이루어졌는데 30진이 공항에 도착하는 시간에 맞추어 29진이 공항으로 가면 30진은 29진이 타고 온 버스와 방탄복·방탄모를 인계받아 주둔지로 이동하는 방식이었다. 그것이 뜻하는 것은 29진 2제대가 출국을 위해 떠나고 30진 2제대가 주둔지에 복귀하기 전, 그 찰나의 시간에는 밥을 해줄 사람이 없다는 것이다! 왜냐하면 우리 취사병들은 한국에서 30진 2제대의 밥을 해주다가 함께 입국하기 때문에 모두 2제대에 편성되어 있었고 29진 취사병은 그날이면 한국으로 돌아가기 때문이다.

결국 교대가 이루어지던 날은 아침으로 시리얼이 차려져 있고 점심·저녁식사로 전투식량을 제공받았다. 30진 2제대가 베이루트 공항에 도착했을 때는 이스라엘 전투기가 베이루트에서도 위협성 비행을 계속하고 있었기 때문에 우리 병력들은 레바논에 도착하자마자 소닉붐에 벌벌 떨어야만 했다. 불과 일주일 전에 1제대 입국할 때만 하더라도 베이루트까지 이스라엘 전투기가 올라가지는 않았는데 하루가 다르게 이곳의 안보 환경이 변하고 있었다.

저녁 늦은 시간이 되어서야 2제대 인원들이 주둔지에 도착했다. 그 무렵 우리는 24시간 근무에 이미 투입되어 있었는데 고질적인 인력난에 허덕이고 있었던 만큼 전우들이 그렇게 반가울 수 없었다. 무전병 근무는 통신병 4명이 24시간을 커버하고 있었고 상황병 근무는 통역병과 작전병 2명이 24시간을 커버하고 있었는데 근무만 서는 것이 아니라 08시 30분부터 18시까지 이어지는 본연의 일과도 수행해야 해서 인력 증원이 절실한 참이었다.

이 상황에서 같이 근무를 설 병사들과 우리 밥을 차려줄 취사병들이 컨테이너 가득 배추김치를 싣고 주둔지에 들어온다면 어찌 반갑지 않을 수 있겠는가? 사이가 안 좋았던 사람이라도 이 상황이라면 두 팔 벌려 흔쾌히 안아줄 수 있을 것이다. 심지어 며칠 전부터 소닉붐이 심상치 않게 잦아지고 있었던 참이라 혹시나 2제대가 입국하지 못하는 것은 아닐까 걱정도 하고 있었기 때문에 반가움은 가중되었다.

밤늦은 시간이었지만 우리 후발대가 도착했다는 소식에 버선발로 연병장에 달려가 반갑게 맞아주고 짐 옮기는 것을 도와주며 방을 안내해 주었다. 후에 얘기하기로는 다들 이 형님이 이렇게까지 반가워할 이유가 없는데 뭔가 잘못된 것이 틀림없다는 생각을 했다고 한다. 그 불안감은 정확히 적중해 이 친구들과 나는 2~3일에 한 번씩 밤을 새우면서도 낮에는 중동의 뜨거운 햇볕 아래에서 작업을 수행해야 하는 생활을 8개월 동안 이어가야만 했다. 더욱이 힘들었던 것은 한국의 야전부대는 보통 금요일이나 토요일에 당직근무를 서게 되면 근무 취침을 하느라 주말을 보내기 때문에 '전투휴무'라는 것을 주어 평일 중에 하루를 쉴 수 있게 해주는 반면 이 부대는 365일 작전이 이루어진다는 이유로 전투휴무를 부여하지 않았다. 사실 말장난이라고 느낄 수 있는 것이 작전에 투입되지 않는 대다수의 인원들은 주말에 일과를 하지 않고 쉬고 있는 만큼 근무를 서는 사람들만 억울한 노릇이었다. 더군다나 대부분의 파병 병력이 간부로 구성되어 있어 용사 인력이 부족했기 때문에 간부들은 두 달에 세 번 정도 당직근무를 서는 것에 반해 용사들은 일주일에 세 번씩 근무에 투입되어야 했고 사실상 용사들은 주말을 온전히 쉴 수 없었다. 그로 인해 발생하는 불만과 피로가 서서히 누적되어 갔으나 그것으로 인해 고충이 발생하기 시작한 것은 몇 달 후의 이야기였다. 지금은 우리를 도와줄 인력이 도착한 것에 그저 안도할 뿐이었다.

전화기가 고장 났어요

2제대가 도착한 이후 우리는 본격적인 일과와 근무에 투입되기 시작했다. 통신중대 유선반으로서 수행해야 했던 주된 일과는 고장 난 유선 전화기를 조치하거나 새로이 설치하는 것이었다. 내가 회사에서 일할 때 새로 자리를 발령받거나 사무실을 재배치할 일이 있으면 지원팀에 전화를 걸어 세팅을 부탁하고 잠시 자리를 비켜드리곤 했는데 이제 8개월 동안 내가 그 일을 해야 하는 것이었다. 동명부대 30진이 새롭게 출범하면서 사무실의 위치를 변경하시는 분들도 있었고 기존에 전화기가 배치되어 있지 않던 직책이었으나 전화기 설치를 희망하시는 분들도 있어 일감은 산더미같이 쌓여갔다. 문제는 나를 비롯한 대부분의 인원들이 이런 유형의 작업을 해본 적이 없어 업무를 해결하는 속도가 아주 느렸다는 점이다.

　새로 전화기를 설치하는 작업에 대해 설명하기 전에 교환기와 단자에 대해 설명할 필요가 있겠다. 우선 교환기는 유선 전화기 작업의 중심이다. 교환기가 없다면 모든 전화기가 서로 연결되어 있어야 제대로 작동할 수 있지만* 전화기를 중앙 교환기에 연결해 놓는다면 훨씬 적은 노력으로도 통화를 할 수 있기 때문에 교환기는 전화기를 작동할 수 있게 하는 핵심 장치이다. 그 교환기의 특정 슬롯에 사용자를 지정하는데 예를 들면 '단장님-111번'과 같은 식으로 이름과 전화번호를 설정할 수 있다. 그리고 이 슬롯으로부터 선을 이어서 사용하고자 하는 위치까지 끌고 간 후 통신선에 전화기를 물려주면 전화기로서 작동할 수 있는 것이다. 그리고 이 과정에서 가설(특정 지점과 지점 사이에 통신선을 설치하는 것) 소요를 줄이기 위해 '통신단자'라는 것을 활용한다. 예를 들어 교환기 앞에 단자함을 설치하고 주로 전화기를 설치하는 사무실 근처에 단자함을 설치한 후 단자함끼리 미리 전선으로 연결해 두면 가설 작업을 할 때 단자함 사이의 공간은 통신선을 새로 설치할 필요가 없어 시간과 자원을 절약할 수 있는 것이다. 즉, [교환기-전화기]의 형태로 가설 작업을 매번 하는 것보다 [교환기-교환기 앞 단자-(가설 불필요 구간)-사무실 앞 단자-전화기]의 형태로 가설 작

---

*　만약 교환기 없이 100대의 전화기가 있다면 모든 전화기가 서로 전화를 하기 위해 1번 전화기는 나머지 99개의 전화기와 연결되어야 하고 2번 전화기는 1번을 제외한 98개의 전화기와 연결이 필요하다. 그렇게 100번 전화기까지 필요한 연결 개수는 (99+98+ … +2+1)이 될 것이다. 그러나 교환기가 있다면 교환기와 각각의 전화기를 연결하는 100개의 연결선로만 있으면 된다.

업을 하는 것이 훨씬 효율적이라는 것이다. 다만 단자를 사용하는 경우, 단자와 단자 사이의 연결이 살아 있는지 확인하려면 전기신호를 흘려 사용 가능 여부를 확인해야 하기 때문에 두 사람 이상이 한 팀으로 계속 소통하며 작업을 해야 했다. 우리는 단자가 노후화되어 있어 살아 있는 단자를 찾는 과정에서 꽤 애를 많이 먹었다.

이제 전화기를 설치하는 작업에 대해 설명하자면 그것은 가설과 가설 전·후 작업으로 구분할 수 있다. 가설 전 작업은 교환기로부터 시작한다. 앞서 설명했듯이 교환기의 특정 슬롯에 사용자를 생성한 후 전화기를 설치하고자 하는 사무실에서 가장 인접한 단자함에 살아 있는 단자를 찾는다. 보통 무전기로 소통하는데, 대부분 대화는 다음과 같다. "29번 단자 신호 보낼게! 아무 신호 안 와? 그럼 30번! 아 거기는 이미 쓰고 있어? 그럼 31번! 아 이것도 안 돼? 대체 뭐가 되는 거야. (중략) 그래 75번은 신호 온다! 교환기에서 75번까지 선만 이어줘. 내가 여기서부터 사무실까지 가설할게!"

여기까지가 가설 전 작업이었다. 그러고 나면 가설 작업으로 넘어가는데 간단하게 통신선(흔히 사용하는 랜선과 같은 UTP선을 주로 사용함)을 설치하는 작업이다. 다만 문제는 선이라는 것이 사람이나 차량이 지나다니면서 걸릴 수도 있고 외부에 지나치게 노출되어 있으면 비나 바람에 의해 손상될 수 있기 때문에 최대한 노출을 줄이고 이동에 방해되지 않도록, 그리고 미관을 너무 저해하지 않게끔 설치해야 한다. 그 말인즉 모든 선은 하늘로 다니거나 땅 밑으로 다녀야 한다는 뜻이다. 그런데 가뜩이나 작업이 몇 달 치가 밀려 있는데 매일 땅을 파고 있을 수는 없는 노릇이라 우리는 항상 사다리를 타고 컨테이너 위나 전신주 위로 전선을 올렸고 그런 것들이 없는 경우에는 적당히 지지할 수 있는 구조물에 통신선을 케이블타이로 묶어 고정하는 방식으로 작업했다. 그리고 사무실까지 어찌어찌 선을 끌고 왔으면 컨테이너의 창틀에 있는 구멍이나 사용하지 않는 환풍구 같은 곳으로 전선을 밀어 넣은 뒤에 가설 후 작업을 이어갔다.

가설 후 작업은 사무실의 책장 뒤나 바닥·천장 등을 통해 최대한 깔끔하게 통신선을 설치하면서 전화기를 사용하고자 하는 분의 책상까지 끌고 온 뒤 통신선에 'RJ11(통신선과 전화기를 연결해 주는 플라스틱 커넥터의 이름)'이라고 하는 커넥터를 설치하고 전화기에 꽂은 뒤 작동 여부를 파악하는 것이다. 만약 RJ11까지 꽂은 뒤에 수화기를 들었는데 "뚜-"하는 신호음이 들리지 않는다면? 미안하지만 여태까지 했던 작업을 모두 처음부터 되짚어 봐야 한다. 왜냐하면 [교환기-교환기 앞 단자-사무실 앞 단자-전화기]까지 이어지는 모든 각각의 과정 어디에 문제가 있는 것인지 알 수 없어 모든 요소를 확인해야 하기 때문이다. 교환기의 슬롯 문제일 수도 있으니 교환기와 전화기를 직접 연결해서 정상인지 확인하고, 사무실 앞 단자에 바로 전화기를 연결해 정상인지 확인하고, RJ11 커넥터를 새로 설치하는 등 문제를 찾기 위해 이런저런 시도를 하다 보면 문제를 찾을 수 있는데 최악은 새로 가설을 해야 하는 경우이다. 레바논의 9월은 체감상 한국의 7~8월보다 더 덥게 느껴졌는데 그런 날씨에 무거운 사다리와 구리선을 주렁주렁 들고 다니며 가설을 하는 것은 암만 생각해도 끔찍한 일이다. 그걸 이미 한번 했는데 바로 다시 새로 해야 한다면 어떤 기분이겠는가?

고장 난 전화기를 수리하는 것은 방금 설명한 과정과 동일하다. 우리는 마치 의사가 환자를 진료하듯이 어디가 문제인지를 찾아 나선다. 나름대로 어디서 문제가 발생했는지 추리하면서 이런 대화를 주고받는다. "단자와 단자 사이에는 전기 신호가 이상 없이 가는데 전화가 가질 않으니 교환기에서 교환기 앞 단자나 전화기에서 사무실 앞 단자 선로의 문제일 가능성이 높겠네. 아, 전화기 문제일 수도 있으니 새 전화기로 한번 확인해 보자." 그런데 환자에게 청진기를 들이밀었더니 진단명이 '선로 문제-가설 필요'로 판명된다면 그것 역시 가슴 아픈 일이다.

이맘때쯤 우리는 세 가지 미숙함에 직면했는데 첫째는 니퍼 사용의 미숙함이었고, 둘째는 RJ11 커넥터를 설치하는 도구 사용의 미숙함이었으며, 셋째는 전반적인 경험의 부족으로 우리 스스로도 도저히 무엇이 문제인지 파악하지 못해 작업이 막히는 경우가 잦았던 것이다.

우선 니퍼 사용의 미숙함이 문제가 되는 이유는 작업 중에 통신선의 플라스틱 피복을 벗겨 구리선을 노출시켜야 하는데 이것이 처음에는 매우 어렵게 느껴졌다. 왜냐하면 힘을 주지 않으면 니퍼를 잡아당겨도 피복이 벗겨지지 않고, 힘을 세게 주면 구리선이 끊어졌기 때문이다. 피복을 벗기는 것은 마치 두루마리 휴지가 딸려오지 않게 끊는 것의 어려운 버전처럼 느껴졌다. 우리는 한 달 정도 시간이 날 때마다 손에 니퍼를 쥐고 플라스틱 피복을 벗기는 연습을 해야 했고, 그때마다 바닥에는 형형색색의 선 가루들이 끊어진 채 나뒹굴곤 했다.

RJ11 툴의 경우에는 그나마 괜찮았던 것이 RJ11 커넥터를 설치할 때쯤이면 작업 막바지여서 마음이 급하지 않기도 했거니와 RJ11을 잘

못 설치해서 전화기가 작동하지 않는다는 것은 금세 파악할 수 있는 문제여서 상대적으로 급한 문제는 아니었다.

그리고 경험의 부족은 어쩔 수 없이 시간이 해결해 줄 문제였다. 모내기 한 모가 쑥쑥 자라지 않는다고 해서 그것을 잡아당긴다 한들 벼가 금세 자라는 것은 아니지 않은가? 다만 작업이 익숙해질 때까지 나는 그림을 그려가며 무엇이 문제인지, 어디가 문제인지 찬찬히 더 들어가며 작업을 해야만 했다. 그리고 정말 무엇이 문제인지 모를 때는 반장님께 여쭤볼 수 있었기 때문에 우리는 지식적인 부분보다는 신체적인, 혹은 기술적인 보완이 더 급선무였다.

8개월 동안 참 많은 전화기를 고치고 또 설치했다. 전화기를 수리할 때는 이번만 고치면 한국에 갈 때까지 다시 고칠 일이 없을 것이라고 생각하지만 몇 주 뒤에 특전사들이 제초 작업을 하며 통신선을 잘라버리거나 폭우가 내려 통신선이나 단자함이 침수되기도 하는 탓에 몇 번이고 수리해야만 했다. 그렇지만 그 일련의 과정을 거치며 니퍼와 사다리 하나만 있으면 어디에든 전화기를 설치할 수 있는 사소한 재주를 얻었으니 좋다면 좋은 일 아니겠는가.

2장
추석과 삐삐

매일 낮에는 전화기를 고치면서도 일주일에 세 번씩은 당직근무에 투입되는 생활에 익숙해질 무렵, 추석 연휴가 다가왔다. 추석 연휴 동안에는 일과를 하지 않고 당직근무만 서면 되었기 때문에 5일의 연휴 동안 두 번 밤을 새워야 하는 것을 감안하더라도 꽤 피로를 해소할 수 있었다. 그리고 추석을 맞아 파병 이후 첫 PX를 개방했다. 아직 한국에서 보낸 해상화물이 레바논에 도착하지 않아 품목은 제한적이었지만 무엇이든 군것질거리를 마련할 수 있겠다는 기대감 하나로 길게 늘어진 PX줄에 합류했다.

한 시간 반가량을 기다려 PX에 들어갔지만 물자가 부족해 1인당 구매량이 제한되어 있었고 군것질거리는 아예 없다시피 했다. 결국 비타민, 샤워타올, 샴푸 같은 생필품을 내가 쓰기 위해 구입하고 흡연자들을 위해 담배를 대신 구매해 주었다. 한국 부대에서는 PX에서 물건을 구매할 때 현금이나 카드로 즉시 결제하는 방식이었지만 이곳에서는 장부를 작성해 다음 월급에서 차감하는 방식이었다. 물론 이곳에서 지급받는 월급은 정말 풍족해서 PX에서 물건을 구매하는 비용은 신경 쓰지 않아도 될 정도였다. 2024년에 일병이었던 나를 기준으로 얘기하자면 당시 일병 월급이 80만 원이었고 추가로 지급받는 파병수당이 1,850달러였는데 환율을 1,300원으로 계산하면 파병수당은 240만 원 정도였다. 이 중 40만 원은 군 적금으로 공제되었으니 통장에는 매달 280만 원 정도가 입금되었다. 군 적금은 일대일 매칭 지원금이 존재했기 때문에 내가 40만 원을 저축하면 국가에서 40만 원을 가산해주었고 이것을 다달이 저축했다가 전역할 때 지급받는 형식이었다. 때문에 통장에는 280만 원이 입금되었지만 적금을 감안한 실질적인 임금은 360만 원이라고 할 수 있었다. 한국의 야전부대에서 근무하는 일병들보다 3배의 봉급을 받은 셈이다. 내가 초임 사무관 때 이 정도의 봉급을 받았던 것을 감안하면 이곳의 용사들은 정말 금전적으로 넉넉히 보상받은 셈이다.

추석 연휴 첫날에는 소닉붐이 세 번이나 있었고 연휴 기간 동안 끊이지 않고 이스라엘에 의한 위협 비행이 있었다. 이번 갈등은 팔레스타인과 이스라엘의 분쟁으로부터 기인했다. 2023년에 하마스는 이스라엘에 테러를 자행했고 그로 인해 가자지구에서 하마스와 이스라엘은 전쟁을 시작했다. 그러자 헤즈볼라도 같은 이슬람 무장단체로서 하마스와 연대하기 위해 북부 이스라엘을 공격했는데 엄밀히 따지면 헤즈볼라가 이스라엘의 심기를 먼저 건든 것이다. 시아파 기반인 헤즈볼라가 수니파 기반의 하마스를 지원하는 것을 보니 시아파와 수니파는 서로 반목하더라도 이스라엘을 마주하면 연대하는 듯하다.

긴장이 점점 고조되고 있었지만 우리는 추석을 맞이해 저녁식사 대신 BBQ 파티를 했다. 식당에서는 현지에서 저렴하게 구입할 수 있는 양갈비·소고기 및 망고를 나눠주었고 그것을 부대별로 모여 구워 먹었다. 저녁노을이 질 때쯤 야외에 테이블을 펼치고 리드선으로 전기를 끌고 와 전기 그릴에 고기를 구워 먹었는데 한국에서는 흔히 먹지 못했던 양갈비를 넉넉히 구워 먹을 수 있었다. 나는 부러울 선(羨)이라는 한자가 왜 양 양(羊)과 침 연(涎)이 더해져 탄생했는지 알 수 있었다. 쉽게 고기를 먹을 수 없는 농경민들은 가끔씩이나 먹을 수 있는 양고기를 먹는 것이 부러워 침을 흘릴만했던 것이다. 이곳의 소고기가 기름기가 정말 없다시피 해서 기름진 양갈비의 맛은 한층 더 돋보였다.

우리가 고기를 구워 먹는 동안 부대 밖은 유난히 어수선했다. 철조망 건너편으로 보이는 작은 시골길에는 구급차들이 사이렌 소리를 요란하게 울리며 분주하게 왕래하고 있었다. 무슨 난리가 난 듯싶었다.

다음 날, 추석 연휴의 마지막 날 근무를 들어갔더니 어제 이스라엘의 소행으로 추정되는 삐삐 테러가 있었다고 하는 것이 아닌가. 레바논 전역에서 갑자기 삐삐가 폭발해 수십 명이 사망하고 수천 명이 부상을 입었다고 했다. 삐삐는 우리 부모님이 연애하실 때나 사용하던 기계 아니던가?

헤즈볼라는 이스라엘의 도청이나 감청을 피하기 위해 의도적으로 삐삐를 활용해 왔다고 한다. 그런데 이스라엘은 그것조차 이미 간파하고 페이퍼 컴퍼니를 설립해 헤즈볼라에 폭발물을 심어놓은 삐삐를 공급했다는 것이다. 모사드(이스라엘의 정보기관)는 이 공작을 대체 언제부터 준비하고 있었던 것일까? 먼 옛날 나치 부역자를 척결하던 시절부터 모사드의 공작 능력은 정평이 나 있었지만 이런 기상천외한 방식으로 적대세력의 통신망을 무력화하고 공포를 심어줄 수 있다는 사실에 섬뜩함과 전율을 동시에 느꼈다. 솔직한 감상으로 어떻게 이런 발상을 할 수 있는지 경외심조차 느껴졌다.

삐삐 테러의 영향으로 부대에는 몇 명의 화상 환자들이 찾아와 대민 진료를 요청했다. 헤즈볼라와 관련이 있으면 치료해 주지 않을 것이라고 생각했는지 삐삐 때문에 부상당했다는 말은 하지 않고 요리를 하다가 다쳤다거나 전자레인지가 폭발했다는 식으로 증상을 설명했지만 평소에는 이런 유형의 환자가 거의 없었던 것을 감안하면 정황상 삐삐와 관련이 있어 보였다. 헤즈볼라라는 단체가 이스라엘에 대한 무장저항을 목적으로 설립되었지만 몇몇 게릴라 전사나 고위층을 제외하면 대부분이 민간인으로 구성된 정당조직이어서 민간인들의 피해도 컸던 것이다.

이슬람 신도의 비율이 높고 특히 헤즈볼라의 주된 활동 지역인 남부 레바논의 민심은 들끓었다. 부대 인근을 비롯한 대부분의 남부 레바논에서 UN군을 향한 비우호적 행위나 시위가 보고되었다. 말레이시아 부대의 기동정찰 차량은 시위대에 둘러싸여 린치를 당했고, 인명피해는 없었지만 차량이 큰 손상을 입었다고 했다. 우리 부대 주변을 이동하던 프랑스·인도·중국 부대의 차량이 우리에게 보호를 요청하기도 했다. 결국 무장차량을 이용한 정찰 활동을 제외하고는 도보 정찰이나 영외 배차가 모두 취소되었다.

나는 삐삐 테러 이후에 어떤 조치들이 이어질 것인지, 혹은 이 테러의 목적이 무엇인지 궁금했다. 만약 이스라엘이 지상전을 포함한 군사 작전을 계획하고 있다면, 그러니까 지금처럼 요인 암살이나 위협 비행만 하는 것이 아니라 대대적인 레바논 침공을 계획하고 있다면 그 시기에 맞추어 헤즈볼라의 통신수단을 무력화하는 것이 더 효과적일 테니 지금 당장 이스라엘은 군사 침공을 염두에 두고 있지 않은 것이 아닐까 생각하기도 했다. 그러나 삐삐나 무전기에 폭발물을 숨겨 공급했던 사실이 헤즈볼라에 의해 발각되어 어쩔 수 없이 이 시점에서 삐삐를 폭발시킨 것이라면 지상군 침공을 계획하고 있다가 스텝이 꼬인 것으로 가까운 시일에 이스라엘에 의한 침공이 이루어질 수도 있겠다는 생각이 들기도 했다. 주어진 정보를 바탕으로 앞으로 벌어질 일을 유추하지는 못했지만, 레바논에 도착한 지 2주일이 지난 시점에서 정국은 급격히 전쟁 속으로 빨려가고 있었다.

레벨 업

우리의 파병 기간 동안 이스라엘과 UNIFIL(레바논 주둔 UN 평화유지군)은 협력하여 주둔지 방호에 대한 정보를 공유했다. 이스라엘의 군사 작전이 해당 부대에 아무런 영향을 미치지 않을 때는 Level 1, 이스라엘의 군사 작전이 해당 부대의 관할 지역에 영향을 미칠 수도 있을 때는 Level 2, 이스라엘이 해당 부대의 관할 지역에 직접적인 공격을 가할 때는 Level 3으로 구분해 주둔지 방호 태세를 조정했다. 이스라엘군이 특정 지역에 군사 작전을 시행할 때면 UNIFIL 사령부에 해당 지역의 레벨을 2나 3으로 격상해 달라고 요청하는 식이었다. 우리는 Level 1일 때는 평소와 똑같이 생활하다가 Level 2로 격상되면 방탄모와 방탄복을 착용하고 불필요한 야외 활동을 자제했으며 주둔지 밖에서 정찰 활동 중인 인원들도 서둘러 영내로 복귀해야 했다. Level 3은 그보다 더 주의를 요했기 때문에 방탄모와 방탄복을 착용하는 것에 더해 벙커나 대피호로 신속히 대피해야만 했다. 현재는 이것과 다른 체계를 사용하는 것으로 개편되었지만 당시에는 이런 식이었다. 이스라엘 입장에서도 불필요하게 UN군에게 피해를 입혀 국제사회로부터 지탄받고 싶지 않기에 UNIFIL과 정보 공유를 했던 것 같다.

추석 연휴가 끝났을 무렵, 처음으로 부대방호 수준이 Level 2로 격상되었다. 나는 당시에 테니스 연습을 하면서 정신없이 공으로 벽을 때리고 있었는데 별안간 방송이 나오면서 전 병력은 실내로 이동해 방탄복과 방탄모를 착용하라는 것이 아닌가. 한 시간 정도가 지났을 무렵 다시 Level 1로 하향되어 야외 활동을 재개할 수 있었는데 알고 보니 그 시간 동안 이스라엘 전투기가 베이루트까지 날아가 헤즈볼라 요인들을 암살했다고 한다. 전투기가 날아가 폭격을 가하는 것을 암살이라고 해도 될지는 모르겠지만 약 10명에 달하는 주요 직위자들을 제거했다고 한다. 정말 진지한 군사 작전을 전개할 때가 되니 이스라엘 전투기는 소닉붐 같은 것을 전혀 일으키지 않고 아음속으로 비행해 타겟만 공격하는 것이 아닌가. 짖는 개는 물지 않는다더니 소닉붐을 뻥뻥 터뜨리며 다닐 때는 공격을 하지 않다가 정말 살의를 드러낼 때는 조용히 할 일을 했던 것이다. 그리고 이번 일로 제공권의 중요성도 절감할 수 있었는데 LAF군(레바논 정규군)이나 헤즈볼라는 마땅한 대공 미사일이나 관측 장비가 없다 보니 이스라엘 전투기가 레바논의 영공을 마음껏 휘젓고 다녀도 어떻게 대응할 수가 없었다. 하물며 리타니 강 이남의 남부 레바논도 아니고 수도인 베이루트를 폭격하는데도 레바논 정부는 이렇다 할 항의를 할 수 없었다. 대통령이 부재한 상황인 것을 차치하고서라도 굴욕적인 일이 아닐 수 없었다.

그리고 이틀가량은 잠잠했다. 이스라엘도 헤즈볼라의 주요 직위자들을 제거하며 체면치레를 했으니 당분간 잠잠하려나 보다 생각했다. 이후에 나는 9월 22일 당직근무에 투입되어 밤새 근무를 서고 퇴근을 앞두고 있었다. 그런데 근무가 끝나갈 무렵, 별안간 동명부대를 포함한 UNIFIL 전 지역이 Level 2로 격상되었다. 나는 별일 아닌 것처럼 생각하며 곧 다가올 퇴근에 정신이 팔려 있었다. 왜냐하면 지난 한 달 동안 평일에 근무취침을 해본 일이 없었는데 금요일, 토요일, 추석 연휴에만 당직을 섰던 탓이다. 그러니까 나는 근무를 서거나 잠을 자다가 휴일을 날려 보내기만 하고 평일에는 한 번도 쉰 날이 없었던 것이다. 그런데 오늘 처음으로 근무취침이라는 것을 하는 날이었다. 내가 쉬는 동안 다른 친구들이 전화기를 한 세 개는 고쳐놓았으면 좋겠다는 생각을 하며 얼른 아침을 먹고 들어가 단잠에 빠지리라고 다짐하고 있었다.

그런데 뭔가 상황이 이상했다. 주둔지 경계근무를 서고 있던 특전사들이 다급하게 무전을 했는데 내용인즉슨 주둔지 2km 앞에 이스라엘에 의한 폭격이 이루어졌다는 것이다. 나는 무전을 듣고도 믿을 수 없어 본청 밖으로 뛰어나갔는데 동쪽 컨테이너 너머로 짙은 회색의 폭연이 피어오르고 있는 것이 아닌가. 그곳은 민간인들이 살고 있는 평범한 마을이었는데 어째서 폭격을 한 것인지 의아했다. 그리고 몇 차례 더 폭격이 관측되자 나는 상황이 심상치 않은 것을 직감하고는 일단 잘 수 있을 때 자는 편이 낫겠다고 생각해 서둘러 숙소로 발걸음을 옮겼다.

간밤에 한숨도 자지 못했기 때문에 나는 침대에 머리를 대자마자 잠에 들었다. 남이 깨우지 않는 한 절대 깨지 않겠다는 처연한 각오로 안대로 빛을 가리고 이어폰으로 소리를 차단한 채 깊은 잠에 빠져들었다. 그렇지만 불과 30분 뒤 누군가 내 몸을 흔들어 황급히 깨우기 시작하는 것이 아닌가. 몽롱한 상태로 귀에서 이어폰을 뽑고 안대를 벗었더니 내 침대 옆에는 룸메이트인 H 일병이 서 있었다. 아무런 상황 파악이 되지 않던 내게 "형, 큰일 났어! Level 3이야! 빨리 방탄복 입고 대피호로 와!" 하는 것이 아닌가. 간밤에 잠을 못 자서 피곤한 건 대수롭지 않은 문제였다. 일단 살아야겠다는 생각으로 허둥지둥 내 장구류를 착용하고 대피호로 발걸음을 옮겼다. 그러면서도 지난번 Level 2도 두 시간 안에 끝났으니 Level 3도 금방 끝나겠거니 하며 대피호 벽에 구겨진 채 앉아 있었다. 그러나 내가 기대고 있던 벽은 부대 인근에 떨어진 폭탄의 진동만을 전달해 줄 뿐 사태가 일단락될 조짐은 아무것도 전해주지 않았다. '이제 슬슬 잠잠해졌나?'라는 생각이 들 때면 어김없이 "쉬익- 픽!" 하는 소리가 들리고는 벽을 통해 진동이 느껴졌다. 이런 상황에서 식당을 운영할 수도 없으니 점심은 전투식량으로 해결해야만 했다. 그리고 이어지는 폭음으로 미루어 짐작하건대 저녁도 같은 수순을 밟으리라는 것을 알 수 있었다. 결국 23시가 되어서야 Level 2로 하향되어 침대에 누울 수 있었다. 40시간 동안 잠들지 못하다가 마주한 침대는 평소의 곱절로 아늑하고 푹신했다. 새벽에도 간헐적인 폭격이 이어져 침대에 누워서도 폭음을 들을 수 있었다. 하지만 잠이 너무 고팠다. 지금 당장 내 컨테이너에 폭탄이 떨어지더라도 미루었던 잠을 선택하고 싶을 만큼 수면이 절실했다.

그날 리타니 강 이남의 레바논 남부는 어디가 폭격당했고 어디는 폭격당하지 않았다는 구분이 의미 없었다. IDF(이스라엘 국방군)의 보도자료에 따르면, 하루 동안 1,500여 곳을 폭격했다고 하는데 헤즈볼라가 미사일·폭탄·로켓 발사기 등을 민간인의 거실이나 차고에 숨겨두었기 때문에 이때까지 수집한 정보를 바탕으로 그 자산을 소거한 것이라고 한다. 이스라엘은 민간인의 안방에 미사일이 있는지 여부까지 알 수 있는 역량이 있을뿐더러 하루 안에 그 장소를 모두 정밀 폭격할 수 있었던 것이다. 물론 그 때문에 하루 동안 수백 명이 죽고 수천 명이 다쳤을 것이다.

하루 동안 이어진 폭격은 명백히 정밀타격이었다. 이스라엘 입장에서는 남부 레바논의 모든 지역을 융단폭격해 버리는 편이 마음 편했을지도 모른다. 가자지구만 보더라도 지도에서 도시를 지워버리겠다는 의지가 느껴지지 않는가. 그런데 레바논은 곳곳에 UN 평화유지군의 초소가 박혀 있으니 타격하고자 하는 곳만 선별해 공격해야 했을 것이고 그 덕분에 민간인의 피해도 줄어든 것이라고 믿고 싶었다. 그렇지 않으면 주둔지 밖이 사막의 형상을 한 지옥으로 변해가고 있는데 우리는 아무것도 하지 못한 채 대피호에 웅크리고 앉아 있었던 것이 너무 무력하고 한심하게 느껴질 것만 같았다.

그다음 날에는 주둔지 내에 있는 초소에 전화기를 새로 설치하기 위해 작업하고 있었는데 폭격과는 다른 소리를 들었다. 그것은 어떤 발사체가 날아가는 것 같은 소리였다. 주둔지에서 550m 떨어진 지점에서 헤즈볼라의 로켓발사기가 이스라엘을 향해 6발의 로켓을 발사한 것이다. 그런데 로켓을 발사하고 10여 초 지났을까 로켓이 날아간 방향에서 육중한 충돌음이 1초 간격으로 들려왔다. 이스라엘의 방공체계인 아이언 돔이 헤즈볼라의 로켓을 요격하는 소리였다. 아무래도 6발 모두 요격하는 데 성공한 모양이었다. 그렇게 사건이 마무리되는가 싶었더니 아니나 다를까 Level 3으로 격상되었다. IDF는 로켓발사기를 손봐주지 않고는 넘어갈 생각이 없는 모양이었다. 상황은 금방 종결되었는지, 2시간 정도가 지난 시점에서 레벨이 하향되어 식당에서 저녁을 먹을 수 있었다.

오후에 푸닥거리를 한번 했으니 오늘은 더 이상 이벤트가 없기를 바라며 나는 침대에 걸터앉아 여유롭게 빨래를 걷어 차곡차곡 접고 있었는데 사이렌 소리와 함께 Level 3으로 다시 격상되었다. 그날은 아무리 시간이 지나도 레벨이 내려간다는 소식이 없었다. 결국 우리는 23시가 지난 시점에서 대피호 바닥에 침낭을 펼쳐 번데기처럼 잠을 자야 했다. 나는 한국에 있을 때 평상에 3단 매트리스를 펴고 생활해 봤지만 대피호는 그것보다 더 열악한 장소다. 환기가 전혀 되지 않아 먼지가 자욱하고 비가 오는 날이면 비가 새며 1인당 할당된 공간도 침낭을 펼치면 옆 사람과 몸이 포개어지는 수준이다. 가만히 있기만 해도 체력이 서서히 고갈되고 마는 것이다. 그렇지만 앞으로 몇 달간 우리는 대피호 생활에 익숙해져야만 했다.

군인처럼 생각하기

며칠 동안 이어진 대공습의 여파로 가뜩이나 쌓여 있던 작업거리는 전혀 진척되지 않고 있었다. 주둔지 인근에서 누군가는 로켓을 쏘아대고 누군가는 폭탄을 떨구어 대니 멀쩡하던 전화기도 고장 나기 일쑤였다. 그러니까 작업을 할 시간은 없는데 작업거리는 계속 늘어만 가고 있었고 대피호에서 시간을 보내던 우리는 그 나름대로 지쳐가고 있었다. 우리를 더욱 힘들게 했던 것은 대공습 이후로 Level 2가 계속 유지되어 야외 가설 작업을 할 때 방탄모와 방탄복을 착용해야만 했던 것이다. 합치면 10kg쯤 되는 장구류를 입고 사다리를 오르내리거나 컨테이너 지붕을 돌아다녀야 하니 무게 중심을 잡기도 불편했고 작업 중에 방탄복이 어딘가에 걸려 거동이 제한되기 일쑤였다. 하지만 마냥 단점만 있는 것은 아니었는데 작업을 하다가 철골 구조물에 머리를 박아도 전혀 아프지 않았고 방탄복에 각종 공구나 케이블타이를 넣고 다니기가 용이했다. 원래는 탄창을 넣고 다니기 위해 존재하는 주머니를 우리는 작업 조끼의 주머니처럼 사용하기 시작했다. 그리고 나도 장구류에 점점 익숙해졌다. 땡볕에서 장구류 무게까지 합쳐 100kg에 달하는 몸뚱이를 이끌고 요리조리 다니는 것이 익숙해진 것은 이렇게라도 작업을 하는 것이 대피호에 꼼짝없이 웅크리고 있는 것보다 나아서였을 것이다.

그맘때쯤 주둔지 동쪽 마을에서 큰 폭발이 있었다. 웬만한 폭격에는 익숙해져 있었는데도 여태껏 느껴보지 못한 큰 폭발이었다. 이스라엘이 평소와 같이 헤즈볼라의 무기를 저장해 놓은 민가를 폭격했는데 그것이 대형 무기고였던 것이다. 창고에 쌓여 있던 미사일과 폭탄들이 연쇄폭발을 일으키다가 급기야 미사일이 제멋대로 점화되어 비틀거리며 사방팔방으로 발사되었던 것이다. 마을은 당연히 아수라장이 되었고 우리 부대로서도 아찔한 상황이었다. 평소에는 이스라엘도 정밀타격을 하는 편이고 헤즈볼라도 이스라엘을 향해 로켓을 발사하기 때문에 우리 주둔지에 폭탄이 떨어질 염려는 덜했다지만 제멋대로 점화된 미사일은 그야말로 눈먼 폭탄이기 때문에 비틀거리다 우리 부대를 덮쳐도 전혀 이상할 것이 없었다.

이런 상황에서 생활하다 보니 모든 사람은 당장 내일 죽을지도 모르는데 마치 영원히 살 것처럼 생각하고 행동하는 것 같다는 생각이 들었다. 이곳이 전쟁터여서 더욱 부각되는 것이겠지만 우리 삶의 어느 순간에 극복할 수 없는 불행이 끼어들지 알 수 없지 않은가. 그리고 죽음 너머의 세상이 없다고 가정한다면 삶은 그것으로 끝나는 것인데 어찌나 부조리하고 덧없는 것인가! 그럼에도 불구하고 삶을 사랑하고 매사에 충실하기란 일종의 자기 수양과도 같은 일일 것이다. 나는 알베르 카뮈의 《시지프스 신화》가 삶의 본질을 잘 설명한다는 생각을 했다. 매일 아무 의미 없이 돌덩어리를 산 정상으로 밀어 올려야 하는 시지프스와 우리의 삶이 크게 다르지 않다. 그러나 카뮈는 이런 의미 없고 부조리한 삶이라도 포기해선 안 된다고 주장했다. 삶의 본질적 허무에 반항하는 최선의 방법은 내게 주어진 순간순간을 사랑하고, 범사에 감사하며, 삶에 충실한 것이기에 카뮈는 "우리는 시지프스가 행복하다고 상상하여야 한다"고 적었다.

그런데 가만히 생각해 보면 카뮈의 가르침은 '군인처럼 생각하기' 와 크게 다르지 않다. 힘들고 지치는 일이 많지만 언제나 무덤덤하게, 불행이 닥쳐오더라도 "그렇다면 아쉬운 거지" 한마디를 내뱉고 묵묵히 본인 과업에 몰두하는 군인들처럼 우리 삶을 무덤덤하고 씩씩하게 꾸려나갈 것을 요구하는 것이다. 용사들 중에 원해서 군대에 온 사람이 몇이나 되겠는가. 국방의 의무라는 것은 숭고하며 유의미한 과업이지만 끌려온 사람 입장에서는 군대에서 반복되는 일상이 일견 무의미한 것으로 느껴질 수 있는 것이다. 그렇다고 해서 군 생활이 끝나느냐고 반문한다면 결코 그렇지 않다! 그렇기에 군 생활에 적응하고 익숙해진 용사들은 "왜 내게 이런 일이 벌어졌지? 왜 내가 이런 일을 해야 하는 거지?"라는 질문을 하지 않게 된다. 그저 의미와 이유를 찾을 시간에 주어진 과업을 얼른 해치우려 하고 부지런히 몸을 움직인다. 아무 의미 없는 일이라며 손에서 삽과 곡괭이를 내려놓는 군인은 군인답지 않은 것처럼 삶이 무슨 의미를 갖는지 모르겠다며 삶을 놓아버리는 자세는 바람직하지 않다는 것이다. 그리고 군 생활도 하다 보면 나름대로의 배움이 있고 의미가 있다. 삶도 마찬가지로 스스로 의미와 배움을 찾아 나가는 과정일 것이다.

당연한 얘기일 수도 있지만 군대는 '군인처럼 생각하는 방법'을 배우기에 가장 적합한 장소다. 더군다나 무료한 일상이 반복되는 야전 부대도 아니고 연일 이스라엘의 폭격과 헤즈볼라의 로켓발사가 이어지는 전쟁터 한복판이라니, 매일매일 살아 있음에 감사하고, 오늘은 따뜻한 물로 씻을 수 있음에 감사하며, 전투식량이 아닌 밥을 먹을 수 있음에 감사하게 되는 곳이다. 사소한 것이 소중하고 삶에의 의지를 기르는 곳이란 말이다. 인간이란 가축인 동시에 양치기라는 말처럼 스스로 삶에 충실하기로, 범사에 감사하고 주어진 순간순간을 사랑하기로 심정적인 결론을 내리자 몸도 마음도 한결 편해졌다. 마냥 긍정적으로 생활하기엔 정말 불편한 환경이었다. 씻을 수 있을 때 씻고 먹을 수 있을 때 먹고 잘 수 있을 때 자지 않으면 언제 다시 씻고 자고 먹을 수 있을지 장담할 수 없었다. 아무 생각 없이 어물쩍거리다 보면 어느새 사이렌이 울리고 대피호에 몸을 숨겨야 했기 때문이다. 그럼에도 삶은 이어지고, 나는 그것에 충실하기로 다짐했다. 시지프스처럼, 군인처럼.

꿀의 전쟁

어느덧 9월이 끝나가고 있었다. 이스라엘의 삐삐 테러와 대공세로 부터 열흘 정도가 지났고 나는 이스라엘 공습이 없으면 이리저리 통신선을 흩뜨리며 부대 이곳저곳을 누볐다. 17시나 18시까지 구슬땀을 흘리며 가로등 위에 통신선을 얼기설기 묶다 보면 부대 전체에 사이렌이 울렸고 허겁지겁 사다리에서 내려와 대피호로 몸을 옮기곤 했다. 세 시간에서 네 시간 뒤에 공습이 끝나 다시 Level 2로 되돌아가면 나는 땀을 닦지도 못한 채 밤새 당직근무를 서야 했다. 그런 날에는 부대 인근에 발생하는 폭격의 좌표를 파악해 본부에 보고하면서도 Level 3 명령이 하달되지는 않는지 밤새 예의주시해야 했다. 부대에서 1km 쯤 떨어진 곳에 폭탄이 떨어지면 둔감해진 몸으로도 그 진동을 생생히 느낄 수 있었다. 밤새 이것을 반복하다 보면 이 같은 상황이 영원히 이어질 것처럼 느껴졌다.

그러던 중 분쟁의 분기점이 될 수도 있는 사건이 발생했다. 32년간 헤즈볼라의 수장으로 활동하며 2006년 이스라엘의 레바논 침공 당시에도 헤즈볼라를 지휘했던 하산 나스랄라가 제거된 것이다. 그 방식도 괴팍하기 그지없었는데, 베이루트에 위치한 헤즈볼라 건물 깊숙한 지하 벙커에서 전황을 논의하고 있던 나스랄라의 소재를 파악한 이스라엘은 벙커 버스터 100여 발을 한 장소에 쏟아부어 나스랄라를 살해했다. 언론에 공개된 현장 사진은 마치 초대형 싱크홀을 연상시켰는데, 건물은 흔적조차 없이 사라진 상태였으며 일점 타격 폭격에 의해 깊이만 20m에 달하는 구덩이만이 황량하게 남겨져 있었다.

이스라엘은 요인 암살과 무기자산 무력화를 수행한 2주일 동안의 폭격에서 아프간전 1년 치 폭탄 사용량보다 더 많은 폭탄을 쏟아부었고 이제 32년간 헤즈볼라를 지휘한 수장까지 제거했다. 나로서는 헤즈볼라의 항전 의지가 꺾일 만도 하다는 생각이 들었고 이스라엘의 입장에서는 2006년의 쓰린 기억이 있어 지상전이라는 카드는 기피하지 않을까 생각했다.

이 정도면 이스라엘의 정치적 목적도 충분히 달성했으니 만족할 법도 하지 않은가. 그렇지만 이스라엘이라는 국가의 전략적 목표는 달성했지만 이스라엘의 총리 네타냐후의 정치적 목표는 달성하지 못한 상태라면 분쟁을 이어나갈 수 있으리라는 생각도 함께 들었다. 네타냐후는 하마스와의 전쟁 전까지 부정부패로 지지율이 떨어지고 있었고 하마스와의 분쟁이 시작될 시점에서도 테러 방어에 실패한 책임을 묻는 여론이 많았으나 하마스·헤즈볼라·후티 반군·이란·시리아 등 이스라엘이 마주한 대부분의 적성국에 공격을 퍼부으면서 지지율을 반등시켰다. 그 맛을 본 네타냐후가 본인의 정치 생명 연장을 위해 전쟁을 통제 불가능한 상황까지 끌고 가고자 한다면 중동의 전 지역이 이스라엘의 국내 정치 문제로 인해 전쟁을 마주할 수도 있었다.

나는 이번 분쟁이 서둘러 종식되기를 바라면서도 그것이 영원할 것이라는 생각을 지울 수 없었다. 이스라엘과 레바논은 이미 반세기 넘게 악연을 맺고 있는데 전쟁을 할 때마다 이스라엘에 의해 집을 잃거나 가족을 잃은 사람들은 평생 이스라엘을 용서하지 못할 것이다. 헤즈볼라에 의해 피해를 입은 이스라엘인도 마찬가지일 것이고 말이다. 그러다 보니 양국 간 서로를 증오하는 마음은 마치 연쇄 작용처럼,

양성 피드백*처럼 새끼를 쳐나간다. 당장 헤즈볼라의 지도자들을 물리적으로 축출할 수는 있다. 그것을 계속해 어떠한 조직 장악력이나 정당성도 갖추지 못한 사람이 수장이 될 때까지 지휘부를 살해할 수는 있다. 그리고 헤즈볼라가 수년에 걸쳐 축적한 무기자산을 제거할 수는 있다. 그렇지만 서로가 서로를 미워하는 마음을 소거하는 것은 그보다 더 어려운 일이다. 헤즈볼라와 이스라엘은 쉬운 길을 선택한 것일지도 모르겠다. 서로 타협하고 화해하는 것보다 상대를 죽이고 무력화하는 것이 더 쉽고 신뢰할 수 있는 방법일 수 있으니 말이다. 그렇기에 프랑스의 철학자 시몬 베유는 폭력의 나선에서 주인공은 폭력뿐이라고 했던 것이리라.

지금으로부터 20년 전에 이스라엘이 레바논을 침공했던 것처럼, 그리고 그로부터 20년 전에도 그랬던 것처럼 아마 20년 후에 동일한 비극이 반복될지도 모르겠다. 이스라엘과 레바논이 한번 맞붙으면 서로를 해칠 수 있는 역량이 소진되어 20여 년간은 잠잠할지 모르겠으나 그로 인해 잉태된 적개심은 절개할 수 없는 것이어서 또 다른 분쟁의 씨앗이 될 것이다. 그러니 이스라엘과 레바논은 원하든 원치 않든 주기적으로 출구 없는 대결을 수행해야 하는 운명일지도 모르겠다.

과거에도 그런 사례가 있었다. 스파르타의 경우에는 주변의 도시 국가인 메세니아와 400년가량 적대 관계를 유지했는데 1차 메세니아 전쟁에서 승리한 스파르타는 메세니아인들을 모두 노예로 만들었다. 그리고 메세니아인들의 반란 역량을 거세하기 위해 스파르타의 축제

---

* 생명과학 용어로 결과가 원인을 촉진하여 한번 시작되면 계속해서 증폭되는 반응을 말한다.

크립테이아에서 메세니아인들을 전쟁훈련용 살인도구로 활용했다. 스파르타인들은 메세니아인들의 적개심을 알면서도 그저 반란을 일으킬 수 없는 수준으로 그들의 '개체수'를 유지할 뿐이었다.

남아메리카의 아즈텍 제국도 비슷했다. 아즈텍은 당시 남아메리카에서 가장 강한 국가였는데 주변 도시국가들이 강성해져 그들의 패권을 위협하는 것을 크게 경계하고 있었다. 그래서 활용했던 것이 '꽃의 전쟁'이다. 꽃의 전쟁이란 아즈텍이 주변의 틀락스칼텍 같은 도시국가와 동일한 인원과 무장을 가지고 국지전을 벌이는 것이다. 여기서 사로잡힌 전사는 인신공양의 제물로 사용되었는데 스파르타인들의 메세니아인 학살에 비해서는 정정당당한 전투였지만 주변 세력의 역량을 억제하기 위한 방책이었다는 점은 동일했다.

이들 사례처럼 이스라엘도 그들만의 '꽃의 전쟁'을 지속해야 하는 운명일지도 모른다. 20년 정도의 주기를 가지고 레바논의 헤즈볼라가 됐든, 예멘의 후티 반군이 됐든, 가자지구의 하마스가 됐든 그들의 역량을 짓밟아야만 이스라엘의 안보를 지킬 수 있는 악의 순환에 빠져버린 것처럼 보인다. 사람과 사람 그리고 국가와 국가 간의 갈등은 대체 어떻게 해야만 예방하고 종식할 수 있는 것일까?

나는 사무관으로 근무할 때 '갈등관리위원회' 업무를 맡았던 적이 있다. 중앙정부가 추진하는 정책 중 갈등을 유발할 우려가 있거나 실제로 갈등을 유발하고 있는 정책이 최대한 원만하게 추진될 수 있도록 국무조정실(총리실)과 각 부처가 협력하여 정책 추진 속도와 방법을 조율하는 장치였다. 나는 우리 부의 갈등 관리 과제 서너 개를 총괄하며 분기별로 추진 현황을 점검하는 것이 주된 역할이었다. 그 과정에서 갈등 관리 영역의 전문가분들께 자문을 구하거나 함께 회의할 일이 있었는데 주로 하시는 말씀은 언론을 통해 사안을 잘 설명해야 한다거나 정책당사자와의 소통 기회를 많이 늘려야 한다는 것이었다. 그러나 그것은 갈등을 예방할 수 있는 방책이지 해결할 수 있는 수단으로는 부족하다는 생각이 들었다. 불이 들판에 옮겨붙어 점화되어버린 갈등 상황은 어떻게 헤쳐나가야 한단 말인가? 나는 그것이 정말로 궁금했지만 지금도 명확한 답을 찾지 못하고 있다. 아무래도 사안에 따라 너무 해결책이 다양하기 때문이 아닐까 싶은데, 해결책이 없기 때문에 답을 찾지 못하는 것은 아니기를 바랄 뿐이다.

언젠가 아랍과 이스라엘이 화해하고 이 땅에도 평화가 찾아왔으면 하는 누군가에겐 그저 속 편한 소리로 들릴 수 있는 바람을 가져본다. 그리고 나도 논쟁적인 정책을 담당할 때를 대비해 미리 공부해야겠다는 생각을 가지기 시작했다. 폭력과 갈등의 나선을 겪으며 배움에 목이 말라오기 시작한 것이다.

우물은 메말라 가고

남부 레바논의 환경은 점점 열악해지고 있었다. 주둔지 근처에 살던 민간인들은 대부분 난민이 되어 베이루트나 시리아로 피난을 갔으며, 그 때문에 주둔지 인근 마을에서는 인적이 느껴지지 않았다. 특히 저녁 시간에도 불빛 하나 새어 나오지 않는 마을의 모습은 을씨년스러운 정취를 머금었다.

우리 부대의 잡무를 도와주던 현지 고용인들도 베이루트나 시리아로 피난을 갔고, 기름·식수·식량도 점점 구하기 힘들어지고 있었다. 주둔지에서 쓰레기를 배출할 수 없어 하루하루 쓰레기 더미는 비대해지고 있었고 발전기의 연료도 바닥을 보이기 시작했다. 연료는 온수 공급과 전기 공급 두 가지 목적이 있었는데 전기 공급이 우선이었기 때문에 우리는 매일 차가운 물로 씻어야 했다. 생수가 떨어진 사람들은 석회수 가득한 수돗물을 먹기 위해 물을 그릇 한가득 받아 몇 시간씩 석회를 침전시키기고 거르기를 반복했다. 공습이 끝나면 대피호에서 나와 화장실 청소, 식당 청소 같은 잡무를 처리하기 위해 분주히 움직여야 했다. 현지 고용인들과 물자의 부재는 우리의 부담을 가중시키고 있었다.

전쟁이라는 비상사태가 발생하니 돈이 있어도 물건을 구할 수 없었다. 식량은 큰 걱정이 없었다. 전투식량도 비축해 두었고 컨테이너에 식자재도 구비되어 있어 당분간은 버틸 수 있었으나 물과 기름은 한시가 급했다. 남부 레바논에는 물자라는 것이 아예 없어 북쪽의 베이루트나 시돈이라는 도시에서 물건을 주문해야 했는데 업체에 주문을 해도 물건을 배송해줄 수가 없다는 것이었다. 그 이유인즉 리타니강 이남 지역은 이스라엘이 수시로 폭격을 하고 있을뿐더러 특히 트럭은 보이는 족족 제거당했기 때문에 주둔지까지 물자를 수송해 줄 트럭 기사를 구할 수가 없다는 것이었다. 우리가 직접 물건을 받으러 가려고 해도 UNIFIL에서 배차를 허가해 주지 않아 그저 마른하늘을 바라볼 수밖에 없었다.

하지만 동명부대의 처우는 바깥 민간인들에 비하면 한참 괜찮은 것이었다. 앞서 말했듯이 이 근방까지 물건을 수송해 줄 트럭 기사가 없어 동네 마트에도 물건은 이미 동난 지 오래였고 설사 물건이 있더라도 전쟁 전의 다섯 배는 되는 가격을 요구했다. 전쟁이란 인플레이션을 유발할 수밖에 없는 것이 인간이 할 수 있는 가장 소모적이고 무의미한 활동이 바로 전쟁이 아니던가. 공급사슬도, 생산기반도 파괴하면서 상대를 헤치기 위해 땅바닥에 폭탄을 뿌려대니 물자가 부족해지는 것이 당연한 일이다. 전쟁은 힘없는 민초들의 폐부를 더 잔인하게 헤집어 놓는다. 레바논 북부로 피난 갈 수 있는 자동차라도 있는 사람들은 집을 비우고 도망갔지만 시리아 내전을 피해 레바논 땅으로 흘러들어와 판잣집을 짓고 근근이 살아가던 시리아 난민촌 사람들은 피난조차 언감생심이었다. 삶의 터전을 떠나지 못한 많은 사람들이 죽거나 다쳤다.

어느 날 아침에 매일 배달오던 빵이 배달되지 않는 사건이 발생했다. 군수과에서 사람을 통해 빵이 왜 배달되지 않았는지를 물었더니 "빵집 근처에 폭탄이 떨어져 많은 사람이 죽었습니다"라는 답변만 돌아왔다. 아직 한 달도 되지 않은 전쟁이었지만 이미 수백 수천의 피를 펌프처럼 빨아들이고 있었다.

그 와중에 절망적인 소식이 두 가지 있었는데, 하나는 며칠 전부터 이스라엘군이 몇 개 사단급 병력을 레바논 국경에 집결시키더니 10월 1일을 기점으로 지상전을 시작했다는 것이다. 이스라엘군은 본격적으로 전차부대가 밀고 들어오지는 않고 블루라인 일대에서 헤즈볼라의 땅굴과 각종 시설을 파괴하고 있었다. 그리고 두 번째 악재는 연이은 폭격의 영향인지 레바논 남부의 통신이 마비되어 버린 것이었다. 우리 부대원끼리는 무전기를 통해 소통하면 된다지만 한국에 있는 가족과 연락할 수 있는 방법이 차단되었다. 부모님은 매일 뉴스에 레바논 소식이 보도되니 한껏 걱정을 하고 계셨고 나는 당신들께 걱정 끼치고 싶지 않아 폭격이니 미사일이니 하는 것은 우리와는 전혀 관계없는 일인 것처럼 말씀드렸었다. 이스라엘의 공습 때문에 대피호에 대피한다거나 하는 일은 아예 없다는 식으로 이야기해 두었는데, 돌연 데이터가 먹통이 되어버렸으니 꽤 난처했다. 이스라엘이 지상전을 감행한 만큼 통신망 복구가 언제 이루어질지도 요원했다. 그렇게 우리 부대는 남부 레바논에 물리적으로도 전파상으로도 고립되어 버렸다.

네타냐후의 지렛대

이스라엘이 본격적인 지상전을 감행하는 가운데 미국은 이스라엘에 대한 추가적인 무기 지원과 판매를 결정했다. 가자지구 전쟁 1년 동안 미국은 이스라엘에 24조 원의 무기를 판매하거나 지원했는데 여기서 더 이스라엘을 지원하겠다는 것이다. 물론 이 중 일부는 이스라엘이 미국의 무기를 당장 수령할 수 있도록 미국이 무기를 먼저 지급하고 추후에 대금을 지불받는 형식이어서 전쟁이 끝난 이후에 무기대금을 돌려받겠지만 폭탄 한 발 한 발이 급한 이스라엘의 입장에서는 그것 역시도 큰 전력이었다.

나는 정치 경력 30년의 네타냐후가 본인에게 주어진 전략적 옵션을 정말 잘 활용하고 있다는 느낌을 받았다. 특히 두 가지 지렛대를 적극적으로 휘둘렀는데 하나는 미국의 대선이 얼마 남지 않았다는 정치 일정이었고 두 번째는 중동에서의 역외균형을 이루기 위해 이스라엘은 대체 불가능한 미국의 전략 파트너라는 지정학적 사실이었다.

　미국의 대선은 불과 한 달을 앞두고 있었는데 그렇다는 것은 마치 만기를 목전에 둔 옵션상품처럼 작은 노이즈도 큰 변동성을 유발할 수 있다는 뜻이었다. 네타냐후는 이 점을 이용해 본인에게 유리한 지형으로 미국 대선을 끌고 들어갔는데 민주당의 해리스보다는 공화당의 트럼프가 이스라엘에 훨씬 우호적이어서 트럼프의 당선 가능성을 높이는 방향으로 힘을 썼다. 우선 트럼프는 이스라엘을 지지한다는 강경한 정책 방향이 설정되어 있었던 것과 다르게 해리스는 중동 문제에 명확한 비전을 설정하기가 어려웠다. 왜냐하면 해리스의 지지층에는 친이스라엘 성향의 화이트칼라와 반(反)이스라엘 계열의 PC주의자 및 이민자가 혼재되어 있었기 때문이다. 그러니 중동의 상황이 격해질수록 명확한 방향성을 설정하기 힘든 해리스는 곤경에 처했다. 그래서 그런지는 모르겠지만 네타냐후는 공격적이고 적극적인 전략을 취했다. '웩 더 독(Wag the dog)'* 현상처럼 미국 정치에서 일부분의 의제로 다루어져야 할 중동 문제가 미국 정치 판세에 꽤나 결정적인 영향력을 행사하고 있었다. 네타냐후의 과격한 행보는 트럼프라는 사람의 캐릭터와 상승효과를 일으켜 유권자로 하여금 트럼프라면 저 네타냐후를 통제할 수 있을 것이라는 희망을 품게 만들었음은 덤이다.

　그리고 네타냐후가 이렇게까지 자신만만하게 날뛸 수 있었던 것은

---

* 　　개의 꼬리가 몸통을 흔든다는 뜻으로 주객이 전도된 상황을 뜻한다.

이스라엘의 지정학적 의미가 뒷배로 작용했기 때문이다. 1기 트럼프 정권 당시 미국의 외교는 '역외균형'을 이룩하자는 방향성을 가지고 추진되었는데 이는 유럽, 극동, 중동 등 지역마다 미국의 적대 세력과 우호 세력이 서로 균형을 이룰 수 있는 수준을 유지하게끔 환경을 조성했다가 미국의 적대세력이 크게 부상해 직접적 위협으로 부상할 때만 미국이 개입하는 전략이다.

이는 소련과의 이념 경쟁 이후 최대 패권국이 된 미국이 각종 세계 분쟁에 관여하며 민주주의를 전파하려 했던 '자유주의 패권' 전략을 대체하는 것인데 미국이 이라크전을 비롯한 수차례의 전쟁에 휘말리며 국력이 소모되고 동맹국들은 미국의 안보 그늘에 무임승차한다는 문제의식에서 출발한 이론이다.

그런데 중동에서 역외균형을 이루기 위해서는 미국과 가치를 공유하는 국가가 필요한데 사우디아라비아 왕실이 미국과 우호 관계를 유지하고 있지만 그보다 더 확실히 이익을 공유하는 국가가 바로 이스라엘인 것이다. 이스라엘과 미국은 서로가 서로에게 꼭 필요한 존재라는 것을 이스라엘도 모를 리 없기에 네타냐후는 배짱을 부릴 수 있는 것이다. 이스라엘이 아랍 국가들에 의해 멸망한다면 이란을 비롯한 저항의 축을 견제할 수단이 요원하기 때문이다.

그러니 이스라엘은 자신감을 가지고 외교와 전쟁에 나설 수 있었다. 이쯤에서 네타냐후는 UN에 UNIFIL의 철수를 요구했는데 UN 입장에서는 애초에 이스라엘과 레바논의 상호 합의 하에 안보리 결의안 1701호를 결의하고 평화유지군을 파견한 것이기도 하고 이런 분쟁을 UN이 수수방관할 수도 없는 노릇이어서 명분상 병력을 물릴 수 없었다. 이스라엘은 평화유지군이라는 것이 안보리 결의안 1701호를 이행하기 위해 파견한 것이고, 그들의 가장 중요한 임무는 이스라엘의 철군과 리타니 강 이남의 남부 레바논으로 불법 무기가 유입되지 않도록 조치하는 것인데 이스라엘은 결의안을 이행했건만 UN 평화유지군은 그 역할을 제대로 수행하지 못해 이스라엘의 안보 위기를 초래했다고 인식했다. 일리가 있는 말인 것이 평화유지군들이 헤즈볼라의 불법 무장을 잘 억제했다면 헤즈볼라가 이스라엘 북부로 로켓을 쏠 수도 없었을 것이고 이스라엘도 구태여 폭격이나 지상전을 감행할 필요가 없었을 것이다. 한편 헤즈볼라 입장에서는 이스라엘이 이렇게 활개를 치는데도 UN 평화유지군은 그저 뒷짐 지고 관전하는 것처럼 느꼈을 테니 우리는 헤즈볼라와 이스라엘 양측으로부터 애물단지 취급을 받고 있었다.

결국 이스라엘은 블루라인 근처의 평화유지군들에게도 약간의 무력시위를 벌였다. 몇 개의 UN 초소는 아예 이스라엘에 점령당해 해당 초소에서 생활하던 병력과 국경감시단은 후방으로 후퇴해야 했고 UNIFIL 본부 인근에도 거리낌 없이 폭탄을 쏟아부어서 몇 명의 UN 평화유지군이 부상을 당했다. 헤즈볼라는 UN기지 인근에는 폭격을 가하기 어려울 것이라고 생각했는지 본부 근처에서 교전을 벌였고 이스라엘은 그것을 아랑곳하지 않고 공격을 퍼부으며 UN에도 무언의 압박을 보냈던 것이다. 그리고 국경 근처의 몇몇 부대는 메르카바 전차가 위병소 철문을 뚫고 들어와 몇 시간씩 대기하며 긴장감을 조성하고 나간 일도 있었다. 작은 초소도 아닌 UN의 거점 주둔지를 그렇게 휘젓고 다닌 것인데 이스라엘군은 부상병을 처치하기 위해 잠시

대기한 것이라고 설명했지만 사실은 그것과 달랐다. 그러면서 이스라엘은 점차 더 깊숙한 레바논과 동쪽 고원지대로도 전선을 확대하기 시작했다.

스포츠적 경쟁 욕구

10월 중순에 접어들면서 이스라엘은 남부 레바논 중에서도 서쪽 지역은 거의 평정한 듯했다. 이제 주요한 전투는 동쪽의 고원지대에서 벌어지고 있었다. 그곳의 격렬한 전투가 이스라엘의 승리로 마무리되고 헤즈볼라의 전투 능력을 소거한다면 IDF는 소기의 목적을 달성할 수 있을 것이다. 그러나 전장의 미래는 예측하기 어려웠는데, 미국 대선에서 누가 당선되느냐의 정치 일정과 긴밀하게 엮여 있었기 때문이다. 나는 조만간 다가올 새해에는 어떤 일들이 벌어질지 전혀 예견할 수 없었다.

나는 당직근무에 투입되면 IDF의 선전용 텔레그램과 헤즈볼라의 선전용 텔레그램을 수시로 모니터링해야 했다. 텔레그램을 통해 IDF는 폭격 일정을 공지하며 인근 주민들이 대피할 것을 권고하기도 했고 헤즈볼라는 폭격을 당한 직후에 폭격 지점을 표시한 지도 사진이나 동영상을 업로드했기에 전장에 대한 정보를 습득할 수 있었다. 그런데 그런 메시지에 대한 양국 국민의 온도 차이는 상당했다. 레바논 국민들은 헤즈볼라 매체에 화나요·슬퍼요와 같은 이모티콘으로 공감을 표시했던 반면, 이스라엘 국민들은 기뻐요·좋아요·100점과 같은 이모티콘으로 공감을 표시했다. 언뜻 보기에 이스라엘 국민들은 전쟁에서 스포츠적 경쟁 욕구를 느끼는 것처럼 보였다. IDF 채널에 업로드되는 폭격 영상이나 승전보, 예를 들면 하산 나스랄라(헤즈볼라 지도자)를 살해했다거나 신와르(하마스 지도자)를 살해했다는 소식을 접한 이스라엘 사람들은 마치 응원하는 팀이 야구나 축구경기에서 이긴 것과 같은 카타르시스를 느끼는 것 같았다. 이러다가 연일 승전보를 띄우는 이스라엘의 사람들이 전쟁이 잉태하는 열광에 사로잡히는 것은 아닐지 우려될 정도였는데, 네타냐후의 지지율이 견고해졌다는 점도 그런 우려를 뒷받침했다. 이러다가 맹목적인 승전에의 갈망에 종속되어 처음 전쟁을 시작했던 목적은 화석화되고 그 껍데기 속에서 스포츠적 경쟁 욕구에 휩싸인 채 모두가 광분에 경도되어 버리는 것은 아닐까 염려되었던 것이다.

한편 전쟁 3년 차에 접어들고 있는 러시아와 우크라이나의 전쟁에는 북한군이 파견되었다고 한다. 북한이나 러시아는 그 사실을 부인하고 있었지만 증거 영상이 이미 일파만파 퍼진 상태였다. 북한의 김정은 정권이 중국에 대한 의존도를 줄이기 위해 러시아와 협력을 더 공고히 하려는 생각인지는 모르겠지만 같은 한반도에 태어나서 파병을 나온 나의 처지와 북한군의 처지가 처연히도 상이해 마음이 편치 않았다.

나는 레바논에 UN 평화유지군으로 자발적 의사에 의해 파병되었고 전쟁 중인 상황에서도 어느 정도의 안전이 보장되는 반면, 북한군은 러시아의 침략전쟁에 마치 사설 용병처럼 파병되어 일주일 뒤의 생존도 담보하기 어려운 최전선에 투입되었다. 북한은 군을 파병하고 러시아로부터 그 대가를 지급받았을 것인데 그것이 김정은 정권의 정권 유지를 위한 자금으로 사용될지 전장에서 피 흘리며 싸운 파병자의 복지를 위해 사용될지를 생각해 보면 더욱이 안타까웠다.

언론에서 보도한 내용에 따르면, 북한군은 훈련에 참가한다며 열차에 탔더니 러시아에 도착해 있더라는 증언도 있었는데 본인이 전장에 투입된다는 사실조차 모르고 격전지에 내동댕이쳐졌다면 이 얼마나 부당하고 억울한 일일까? 그리고 그렇게 자식을 잃은 부모들의 심정은 얼마나 침통하고 애석한 일일까? 21세기가 시작된 지 20년, 기술의 발전은 인터넷과 AI를 만들어 냈고 과학·공학은 인류 전체의 생산성을 비약적으로 올려놓았다. 자연스레 우리는 세상은 계속 편리하고 합리적인 공간이 될 것이라고 기대하고 있지만 그런 기대를 무참히 비웃고 짓밟듯이 여전히 세계의 권위주의 정권 아래에는 비인격적 대우를 받는 국민들이 존재하고 전쟁은 계속되고 있다. 마치 칸트나 볼테르 이후로 합리와 계몽의 물결이 유럽을 이성과 합리의 공간으로 가꿀 것처럼 기대했으나 18~19세기의 역사는 개판으로 흘러갔고 그 결론은 1차 세계대전이었던 것처럼, 이 시대의 결론이 폭력적이고 억압적이며 대립적인 무엇인가로 귀결되지는 않을까 하는 불안감이 조금씩 싹트고 있었다.

시간의 갈림길

'서머타임'을 들어본 적이 있는가? 과거에 우리나라도 시행했던 이력이 있어 중장년층에게 익숙할 수도 있는 이 제도의 정식 명칭은 '일광 절약 시간제'이다. 여름에는 해가 일찍 뜨지만 겨울에는 해가 늦게 뜨니 여름에는 겨울보다 1시간을 당겨 생활하고 겨울에는 1시간을 늦춤으로써 최대한 해가 떠 있는 시간에 일상생활을 하자는 취지로 도입된 제도이다. 전 세계 국가 중 40% 정도의 국가가 시행하고 있다는데 나는 레바논에서 그것을 체험해 볼 수 있었다.

10월의 마지막 일요일을 맞이해 나는 당직근무에 투입되어 있었다. 그날은 00시에 교대를 하고 퇴근할 예정이어서 23시 58분부터 컴퓨터의 시계를 뚫어져라 주시하고 있었건만 00시 00분이 되어야 할 시각이 갑자기 23시 00분으로 변해버리는 것이 아닌가? 지난 두 달 동안 불운한 근무 배정으로 밤만 죽어라 새우고 근무취침은 한 번도 하지 못한 채 평일이나 주말이나 가설 작업을 해온 것이 그렇지 않아도 억울했는데 이젠 하다 하다 시간이 역행하다니, 이게 무슨 장난 같은 일인지 어안이 벙벙했다. 그 순간 당직사령님은 서머타임이 해제되었으니 자동으로 시간 조정이 안 된 시계들을 조정하라고 하셨다. 속으로 '아, 이게 미국 주식 거래소의 개장 시간이 변동되었던 이유인 서머타임이라는 거구나!'라고 생각하며 의자를 밟고 올라가 시계의 시침을 1시간씩 뒤로 돌렸다. 그래서 1시간 전에는 한국이 05시, 레바논이 23시였는데 한국이 06시가 된 시점에서도 레바논은 다시 23시였다.

나는 함께 근무를 서던 무전병에게 오늘은 서머타임이 해제되는 날이라 우리가 1시간씩 근무를 더 섰지만 3월에 서머타임이 다시 시작되는 날에는 23시가 되는 순간 00시로 바뀌면서 근무를 1시간 덜서도 될 테니 그날에는 꼭 내가 근무를 섰으면 좋겠다는 이야기를 했다. 그러나 웬만하면 불운은 나에게 일어나고 요행은 비켜갔기에 나는 그 행운을 누리지 못할 것이라고도 생각했다.

서머타임이 끝났다는 것은 레바논의 건기가 끝났다는 뜻이기도 했다. 곧 다가올 11월부터 레바논은 우기에 접어들 것이었다. 듣기로는 매일매일 천둥과 폭우를 동반한 먹구름이 머리 위에 떠 있을 거라고 하는데 그러면 전투기나 공격기를 전개하기 어려울 테니 격렬했던 전쟁도 조금은 쉬어갈 수 있지 않을까 하는 기대를 품었다. 이성계도 위화도 회군을 할 당시 장마철에는 활을 이어붙인 아교가 녹고 전염병이 돌 수 있다며 군을 물리지 않았던가?

최근 들어 주둔지 안전을 위협할 수 있는 로켓 발사가 잦아졌기 때문에 전쟁이 잠잠해지기를 바라는 마음이 더 커졌다. 며칠 전에는 헤즈볼라가 발사한 로켓이 거의 주둔지 바로 위 상공을 가로질러 이스라엘 방면으로 날아갔는데, 소리만 들어서는 우리 주둔지를 표적으로 로켓을 발사한 것처럼 들렸다. 도플러 효과*에 의해 로켓이 우리를 지나쳐 멀어지고 있는 소리를 듣기 전까지 나는 로켓의 표적이 우리인 줄 알고 '여기까지구나'라는 생각을 했을 정도였다.

그리고 어느 날은 낮에 근무를 서면서 CCTV로 주둔지 인근을 살펴보고 있었는데 갑자기 화면이 번쩍번쩍하는 것이었다. 오늘은 해가 요란하게도 지는구나 싶었는데 그 번쩍임은 로켓 뒤꽁무니의 추진체

---

*　　소리의 발생원이나 관측자가 이동하는 상태에서 소리의 진동수가 실제 진동수와 다르게 관측되는 현상. 앰뷸런스가 다가올 때는 사이렌 소리의 진동수가 더 높게 관측되지만 멀어질 때는 더 낮게 관측되는 현상이 도플러 효과 때문에 발생하는 것이다.

에 의한 것이었다. 헤즈볼라가 발사한 로켓이 불발되어 고꾸라지다가 주둔지 앞 주유소 옆에 떨어져 버리고 만 것이다. 그 여파로 착탄지 주변에 불이 붙어 주유소에서 2차 폭발을 일으킬 뻔했다. 그것이 주유소에 조금만 더 가까이 떨어졌으면 이 일대에 큰 피해가 생겼을 것이고, 조금 더 날아가다가 고꾸라졌으면 주둔지 안에서 폭발할 수도 있는 상황이었다. 헤즈볼라가 사용하는 무기의 신뢰성이 담보되지 않으니 불발탄 비율도 제법 높았고 우리는 그런 '눈먼 폭탄'을 두려워했다. 이제 우기가 시작되고 비가 쏟아지기 시작하면 이런 걱정을 덜 해도 되는 것일까?

이처럼 나는 우기가 시작된다는 이유로 11월을 꽤 고대하고 있었다. 그런데 내가 11월을 기다렸던 이유는 하나가 더 있었는데 7월쯤 레바논으로 출발한 '해상화물'의 존재 때문이었다. 나는 파란색 PP박스에 단백질 보충제 두 통과 평소 읽고 싶었던 책 몇 권, 그리고 라면 20봉지를 넣어두었는데 그것들은 원래대로라면 10월 말에서 11월 초에는 레바논에 도착할 예정이었다. 해상화물로 보낸 물품들이 슬슬 필요해지던 참이기도 했고 어쩌면 박스 안에 그리운 조국의 냄새가 배어 있어 내 향수를 완화해 주리라는 기대도 움을 틔운 지 오래였다.

하지만 군수과는 실망스러운 공지를 띄웠는데, 예맨의 후티 반군이 수에즈 운하 근처에서 공격적인 활동을 펼치고 있어 우리의 해상화물을 운송하던 배가 결국 아프리카 대륙을 한 바퀴 도는 것으로 노선을 변경했다는 것이다. 희망봉 항로라니! 늘상 그래 왔지만 분쟁이라는 것은 생각지도 못한 곳에서 비효율과 비용을 발생시킨다.

수에즈 운하의 원활한 활용이 어려워지면 해상 물류비용이 증가해 해상으로 교역하는 물품들은 가격 인상 압력을 받을 것이고 교역에 걸리는 시간이 증가하는 것 또한 감내해야 할 것이다.

한편, 파나마 운하의 경우에는 기후 변화가 심해져 인근의 수자원이 부족해지는 것이 우려를 낳고 있다. 운하는 시작점과 끝점의 높이 차이 때문에 선박들이 계단을 오르내리듯이 한 칸 한 칸 이동하고 높이 조절을 위해 물을 채워 넣거나 빼내야 하는데 주변의 물이 부족해지면 높이 조절을 위한 물의 사용이 제한되어 운하의 운용 자체가 어려워지는 것이다. 결국 운하의 이용비용이 증가하거나 장기적으로는 가동이 제한될 수도 있다는데 수에즈와 파나마 두 운하가 10년, 20년 후에도 잘 운용될 수 있을지 우려스러웠다.

세계는 분쟁이나 기후 변화로 인해 물류비용과 시간이 증가할 수 있는 잠재적 리스크 요인을 계속 안고 있는 것이고, 해상교역의 의존도가 높은 우리에게 이 문제는 더 치명적일 수밖에 없다. 북극 항로가 개발될 수 있다는 긍정적인 요소도 존재하지만 지금 당장 운용 중인 항로에 관심이 더 쏠리는 것은 어쩔 수 없었다. 수에즈 운하를 이용하지 못해 유통 기한이 지난 라면이 내게 배송되는 것은 이런 우려들에 비하면 사소한 문제였다.

비는 억수같이 쏟아지건만

미국 대선은 트럼프의 당선으로 마무리되었다. 미국의 대선 결과가 발표되기 직전에 이스라엘은 전쟁에 더 적극적이고 강경한 인물로 국방장관을 교체했는데 대선 결과에 대해 나름의 확신이 있어서인지, 아니면 대선 결과와 관계없이 전쟁을 이어가려던 것인지는 네타냐후 본인만 알 것이다.

그리고 이스라엘은 시리아에도 맹렬한 폭격을 쏟아붓기 시작했다. 시리아는 몇 년간 이어진 내전으로 아사드 정권이 붕괴하기 직전이었는데 당시의 정권은 헤즈볼라나 하마스와 우호적인 관계를 유지했고 이스라엘과는 적대적인 관계였다.

지난 레바논 내전 당시에는 시리아와 이스라엘이 직접 대결한 적도 있었던 만큼 서로가 지역 패권을 차지하기 위한 경쟁자였던 것이다. 이스라엘은 하마스, 헤즈볼라, 후티 반군과 같은 안보 위협을 제거하기 위해 칼을 뽑았으니 시리아라는 위협도 제거하려는 듯 보였다.

트럼프는 대선 유세 과정에서 본인이 당선되면 러시아-우크라이나 전쟁이나 이스라엘의 전쟁을 24시간 안에 종식시킬 수 있다고 호언장담해 왔다. 그리고 대통령에 당선된 이후 레바논에 특사를 파견해 휴전협정을 시작했는데 협상이 이어지는 와중에도 폭격은 이어졌다. 휴전협상 당사자들이 마주 앉았음에도 오히려 분쟁의 강도는 거세지는 듯했다. 더 유리한 협상 조건을 얻기 위해 상대를 윽박지르려는 공세라면, 싸움을 멈추기 위한 협정이 싸움을 부추긴 아이러니가 아닐 수 없었다.

전황이 이런 탓에 우리도 시시각각 사이렌 소리를 듣고 대피해야 했고 하물며 새벽에 자다가도 사이렌 소리를 듣고 대피하는 일이 잦아졌다. 워낙 폭격이나 자폭 드론을 활용한 공격이 잦다 보니 우기가 오면 전투가 잦아들 것이라는 기대가 무색하게도 대피호에서 보내는 시간이 길어졌다. 우기에 대피를 하면 비가 새거나 바닥이 눅눅해지곤 했기 때문에 이전보다 훨씬 불편했다.

인근 부대에서는 UN 평화유지군 병력을 싣고 이동하던 버스의 옆 차량이 자폭 드론의 공격을 받으면서 병력 중 몇 명이 부상을 입은 일도 있었고 주둔지에 폭탄이 떨어져 부상자를 낳기도 했다. 국경 지역에서는 연일 백병전이 이어졌고 레바논의 독립기념일인 11월 23일에는 그것이 더 거세어져 헤즈볼라의 주요 거점들은 동시다발적인 공습과 지상군 병력을 마주해야 했다.

이쯤에서 나는 휴전협상이 타결될 것이라는 기대를 접었다. 지난 두 달 동안 전쟁 상황에 익숙해졌던 탓에 평화가 올 것이라는 기대를 감히 하기 어려웠던 것이다. 게다가 협상 테이블에는 이스라엘 정부와 레바논 정부가 마주앉아 있었는데 분쟁 당사자인 헤즈볼라는 협상 테이블에서 배제되어 있었다. 헤즈볼라는 조직이 내각에 의원도 배출하는 정당조직이기는 하지만 레바논 정부의 통제에 따를 것 같지가 않았다.

게다가 레바논 대통령은 현재 공석이 아닌가. 지난 2022년에 미셸 아운(레바논 내전 당시에 시리아에 진압당했던 그 미셸 아운이 프랑스에 망명을 갔다가 다시 레바논에 돌아와 대통령까지 당선됨) 대통령이 퇴임한 이후로 레바논 의회는 적합한 대통령 후보를 합의하지 못했기 때문이다. 대통령도 없는 정부가 협상을 잘 이끌어 갈 수 있을지도 의문이었다.

그리고 새로운 협정을 맺는다 한들 그것이 실효성을 가질 것 같지도 않았다. 이미 안보리 결의안 425호, 426호를 통해 이스라엘이 레바논에서 군사 행위를 중단하고 철수할 것을 촉구했지만 결국 분쟁은 재발되어 이스라엘은 레바논을 다시 침공했고 국제사회는 안보리 결의안 1701호를 통해 이스라엘의 전쟁 중단을 촉구해야만 했다. 그리고 이 시점에서 분쟁이 다시 촉발되었다는 이유로 UN 안보리 결의안이 됐든 미국 특사에 의한 휴전협정이 되었든 도장을 열 개를 찍든 백 개를 찍든 옥상옥에 지나지 않을 것이라는 생각이 들었다.

나는 내년까지 레바논에서 살아야 하는 입장이기도 하고 더욱이 내 임무가 평화 유지인 만큼 이 땅에 평화가 찾아오기를 바란다. 그렇지만 일시적이고 지속 불가능한 평화가 아닌 항구적인 평화를 유지하기 위해서는 대체 어떤 대책이 필요한지 알고 싶었다. 위정자 몇 명이 협탁에 둘러앉아 알아보기도 어려운 서명을 휘갈기고 손을 마주 잡고선 몇 번 흔드는 것으로 평화가 올 것이었으면 이 분쟁이 60년 동안이나 지속되지는 않았을 것이다. 그저 헤즈볼라라는 집단이 불쾌한 옛 기억이 될 때까지 폭탄을 쏟아붓는 게 유일한 해법인가? 혹은 중동땅에 유대인의 국가를 멸망시키고 무슬림 국가들만이 서로 협력하며 살아가는 것이 확실한 해법인가? 과거 이베리아 반도에서 그랬던 것처럼 무슬림과 유대인이 공존할 수는 정녕 없는 것일까? 우기가 시작되어 천둥은 요란하고 비는 쏟아지건만 전쟁은 잦아들 기미가 없었다.

고비를 넘기며

이스라엘의 대공세 이후로 트럭 기사를 구하지 못해 UNIFIL 뿐만 아니라 레바논 남부 전체가 물자 부족으로 고통받았지만 조금씩 물자 보급이 정상화 될 조짐이 보였다. 단순히 물자를 주문하고 기다리는 것이 아니라 물류 운송 트럭을 UN 평화유지군 장갑차량으로 에스코트하여 이스라엘의 공격으로부터 안전하게 물자를 수송하기 시작한 것이다. 물론 하늘에서 폭격을 해버리면 장갑차량으로 호위하는 것은 별 의미가 없겠지만 이스라엘이 레바논에서 UN 평화유지군을 공격하지는 않을 것이라는 확신이나 사전 합의가 있었던 것 같다. 그리고 우리 부대에서도 현지 고용인들의 출퇴근이 위험한 점을 고려해 빈 방 몇 개를 배정해 주어 한동안 주둔지 내에 머무르며 일할 수 있게 배려해 주었다.

그렇게 부대는 조금씩 안정화되기 시작했다. 가장 처음 일어난 일은 부대에 계란이 다시 보급되기 시작한 것이다. 그러면서 계란을 구울 수 있는 철판을 한 대에서 두 대로 늘림으로써 계란 대기 줄이 줄었기 때문에 급식에 계란 후라이를 곁들여 먹기 수월해졌다. 그리고 곧 우유와 각종 주스도 보급되기 시작했다. 전쟁 이전처럼 넉넉하게 보급되지는 않아 식당에 늦게 가면 주스를 마실 수 없었지만 사과, 포도, 오렌지 주스를 다시 맛볼 수 있는 것만 해도 매우 반가웠다. 그리고 부대에 식기세척기가 가동되기 시작했는데 이 덕분에 매번 식사 후에 설거지를 해야 했던 번거로움이 해소되었다. 설거지를 할 수 있는 싱크대가 꽉 차서 식판을 들고 뻘쭘하게 대기해야 했던 일이나 음식물에 싱크대가 막혀 손으로 헤집어야 하는 일은 이제 옛 기억이 되었다. 그리고 현지 고용인들이 업무를 시작함으로써 화장실 청소나 식당 청소 등의 잡무도 줄어들고 있었다.

여전히 이스라엘의 공습 때문에 많으면 하루에 세 번을 대피호에 들락날락하기도 했고 대피호에서 밤을 지새우는 일도 많았지만 그것도 조금은 익숙해지고 있었다. 용사들은 일주일에 세 번씩 당직을 서느라 매일매일 생활 패턴이 바뀌었고 그 탓에 만성 피로를 호소하고 있었지만 그것은 파병이 끝날 때까지 마땅한 해결책이 없는 것이어서 모두 그러려니 했다. 그러니까 우리는 어찌할 수 없는 불편함을 제외하고는 조금씩 마음의 안정을 찾아가고 있었다.

11월 중순에 접어들면서 우리는 레바논에서 세 번의 월급을 받은 상태였는데 돈을 사용할 곳이 없어 대부분 인원들이 몇백만 원씩을 통장에 쌓아두고 있었다. 음식이나 물건 주문을 받아주던 핫산은 이미 레바논 북부인지 시리아인지로 피난을 가서 한 달 넘게 출근하지 않고 있었고 여전히 자리를 지키던 슐레이만도 남부 레바논에서 물건 구하는 것에 어려움을 겪었다. 우리의 해상물자를 싣고 항해하던 선박이 아프리카 희망봉을 향해 항로를 틀면서 PX도 개방하지 않고 있었으니 정말 돈 나갈 구석이 없었던 것이다. 그러다 보니 많은 인원들이 주식 투자에 대해 관심을 보이기 시작했는데 백이면 백 한국 주식은 거들떠보지도 않고 미국 주식을 공부하기 시작했다. 요 몇 년간 미국 증시의 퍼포먼스가 워낙 압도적이었으니 당연하다고도 생각할 수 있지만 나는 그 모습이 꽤나 안타까우면서도 우리가 반성해야 할 부분이 많다고 느껴졌다.

2차 세계대전 이후 독일에서는 'Volksakite'라는 정책을 시행했다. 영어로는 people's stock, 한글로는 국민배당주 정책이라는 뜻이다. 이는 전쟁 이후 서독의 국유 기업을 민영화하는 과정에서 국민의 참여를 유도하기 위해 등장한 개념인데 폭스바겐과 같은 국유 기업의 주식을 일반 국민들에게 저렴한 가격으로 분배한 것이다. 왜 번거롭게 이런 정책을 시행했을까? 자본주의에 대한 대중의 참여를 확대하고 사회 통합을 강화하기 위한 것이 명분이었다. 많은 국민들이 자국 기업 주식을 조금씩은 소유하고 있어야 국가의 시장경제 질서를 더 충성스럽게 옹호할 것이 아닌가, 그리고 특정 집단에 주식이 독점됨으로써 발생하는 양극화도 어느 정도 방지할 수 있을 것이다.

그런데 작금의 대한민국 주식 시장은 단기 이익에 치중한 나머지 스스로 그 가치를 폄훼하고 국민들이 자국 주식을 외면하게끔 하는 일이 벌어지고 있어 안타깝다. 몇몇 기업은 소액 주주들 등쳐먹는 것을 당연한 권리쯤으로 생각하고 있는 것처럼 느껴질 정도다. 빈번한 물적 분할로 기존 주주들의 지분가치를 희석시키는 일은 대한민국 주식 시장에서 일상이고 오너 일가의 경영권 상속을 용이하게 하기 위해 오히려 대주주들이 주가 상승을 반기지 않는 경우도 있다. 상황이 이렇다 보니 세계 10위권의 경제 대국에서조차 국내 주식 시장이 아닌 미국 주식 시장에 투자하는 것이 당연한 상식쯤으로 여겨지고 굳이 국내에 투자를 한다면 부동산에 투자함으로써 실물경제에는 돈이 흐르지 않는 반면, 토지 가격은 상승시켜 토지 생산성만 악화시키고 있는 것 아닌가. 기업들도 재투자와 혁신을 위해서는 자본 확보가 필요할 텐데 주식 시장이 이처럼 매력을 잃어버린다면 장기적으로 경영에 어려움을 겪을 수 있다. 자국민에게도 팔아먹지 못하는 주식을 외인이나 기관에 매력적인 상품으로 포장할 수 있을 리가 만무하다.

나는 코리아 디스카운트라는 것은 역으로 우리 자본 시장의 성장 잠재력이라고 생각한다. 지분가치 희석으로부터 주주 권리를 보호하고 지배 구조 질서를 정상화하여 우리 기업들이 스스로를 옭아매던 쇠사슬을 풀어낸다면 우리 주식 시장은 얼마나 크게 변모할 것인지 기대될 정도다. 지금까지는 우리 자본 시장이 성숙하지 않아 체질 개선을 할 여건이 무르익지 않았을지 모르겠다. 그러나 앞으로는 우리도 조금씩 제도와 인식을 개선해 젊은 사람들이 코인, 부동산, 미국 주식에만 열광하는 것이 아니라 국내 주식도 고려 가능한 옵션으로 여기는 날이 오기를 고대한다.

(이 일기를 썼던 2024년 12월의 코스피 지수는 2500이었다. 그로부터 1년 만에 코스피 지수는 5000을 넘기며 모두의 예상보다 훨씬 빨리 축포를 터뜨렸다. 그러나 아직 갈 길이 멀다. 미국의 401k연금이 노동자인 대부분의 미국 국민을 미국 기업의 주주이자 자본가로 만들어 준 미국 자본시장의 신성한 엔진으로 작용하였듯 우리도 시장의 힘으로 복지를 견인할 수 있어야 한다. 노동자가 아닌 주주이자 자본가가 된 대한민국의 전 국민이 눈에 불을 켜고 주식시장을 살피고 기업을 감시한다면, 정치인들은 대한민국의 경제성장을 지향할 것이고 기업인들이 지속적인 혁신을 멈추지 않을 것이다. 그런 날이 오면 코스피 5000은 도착점이 아니라 시작점이 될 것이다. 우리의 자본시장이 더더욱 성숙하기를 고대한다. 우리의 경제가 더욱 성장하고 중산층이 그어느 때보다 두터워지기를 소망한다.)

하늘을 향해 조정간 연발

마땅한 성과를 내지 못할 것으로 생각했던 레바논과 이스라엘의 휴전협상이 돌연 타결되었다. 11월 27일 오전 4시를 기점으로 60일간

교전을 중단하기로 합의했다는데 마침 나는 27일 오전 8시까지 당직 근무를 섰다. 이스라엘의 대공세가 시작되던 날에도 당직근무였고 휴전협정이 발효되는 날도 당직이어서 이 모든 일을 직관하다니, 관료를 할 것이 아니라 종군기자를 했어야 했나.

새벽 03시 59분까지 임박한 휴전이 거짓말인 것처럼 헤즈볼라는 로켓을 쏘아대고 이스라엘도 주요 거점에 폭격을 쏟아부었다. 서로 휴전협정이 발효되기 전까지 마지막 타격을 욱여넣고자 분투했다. 수십 발의 로켓이 상공을 활공하고 폭탄이 자유낙하하는 현장에서 정말 04시가 되면 이 모든 것이 조용해질지 반신반의하며 시계를 주시하고 있었다. 3분, 2분, 1분, 이제 4시! 침착하게 건물 밖으로 나가 귀를 기울였다. 로켓 발사나 폭격 소리는 이미 자취를 감추었으나 주둔지 밖은 오히려 더 소란스러웠다. 축제였다!

이 지역 사람들은 아잔*을 최대 출력으로 송출하더니 이내 하늘에 대고 냅다 총을 연사하기 시작했다. 온 사방에서 총을 난사하는 소리가 메아리치듯 들려왔고 종종 붉은색이나 초록색 예광탄을 발사하기라도 하면 아주 밝은 반딧불이가 쏜살같이 지나가는 것처럼 보였다. 이 지역 사람들은 장례식과 같이 슬픈 일이 있거나 축제와 같이 기쁜 일이 있으면 하늘에 대고 총을 쏘는 문화가 있었는데 오늘은 광란적이고 집단적인 기쁨을 보여주었다. 이 광란은 내가 퇴근하던 08시에도 지속되었고 3시간 남짓의 쪽잠을 자고 점심식사를 하기 위해 일어났을 때도 여전했다.

---

*   이슬람교에서 예배 시작 시각을 알리는 행위를 뜻한다. 주둔지 인근에는 음악적 운율을 가진 기도 소리를 녹음해 송출했다.

현지 언론에는 피난민들이 고향으로 돌아오는 사진이 업로드되고 있었다. 내가 어릴 때 겪었던 귀성길보다 훨씬 더 심해 보이는 끝없는 차의 행렬이 북쪽에서 남쪽으로, 동쪽에서 서쪽으로 이어져 있었다. 짐 실을 공간이 부족한 차는 차의 지붕 위에 가구나 보따리를 얹어 놓고는 창문 밖으로 네 사람이 손을 뻗어 짐을 고정하고 있었다. 대부분의 차가 새참을 나르는 아낙네 같은 모양새를 하고선 고향으로 돌아오고 있었던 것이다. 피난민들이 돌아옴으로써 인적 없이 황량했던 주변 마을에도 밤에 형광빛이 새어 나오고 그들의 생업도 다시 융성해지기를 고대했다.

이제 레바논의 숙제는 휴전협정을 차질 없이 이행하는 것이다. 여전히 레바논의 대통령은 공석이고 IDF는 헤즈볼라의 동태를 예의주시하고 있었다. 헤즈볼라가 다시 도발해 온다면 분명 그냥 넘어가는 법은 없을 것이다. 레바논에 주둔 중인 IDF는 LAF군이 재배치되어 헤즈볼라의 물리력을 억제할 수 있는 상황이 되어야만 다시 그들의 나라로 돌아갈 것이다.

마치 이스라엘군이 레바논군으로부터 점령한 초소를 다시 레바논군에게 인수인계해 주는 모양새처럼 보여 아이러니하지만 앞으로 흘러갈 일이 그랬다. 그러니 레바논은 얼른 군을 정비해 한 국가의 정규군으로서 기능해야 했다. 막스 베버는 국가를 "폭력을 독점하는 정치 결사체"라 정의했다. 하지만 헤즈볼라라는 정규군에 필적하는 무장단체가 건재하는 한, 레바논은 국가로서 기능하기에 한계가 있다. 이스라엘과 헤즈볼라의 전쟁에서 한 발 뒤로 물러서 있던 LAF군(레바논군)의 어깨에 무거운 짐이 실리는 순간이었다.

그러나 전쟁이라는 것이 아무 일도 없었던 것처럼 쿨하게 종료되는 것은 아니었다. 휴전협정이 체결되었음에도 이스라엘의 정찰용 UAV는 분주히 남부 레바논을 정찰하며 프로펠러 돌아가는 소리를 왕왕 내었고 국경 지역에서는 국지적인 전투가 계속 이어졌다. 이스라엘이 헤즈볼라의 로켓이나 폭탄을 발견하기라도 하면 가차 없이 폭격을 가하는 것 역시 마찬가지였다. 우리 부대 인근에서는 확연히 폭격이 줄었지만 완전한 평화가 찾아왔다고는 보기 어려운 것이 사실이었다. 우리는 여전히 방탄복과 방탄모를 착용한 채로 일상생활을 이어나가야만 했다.

그렇다고 해서 휴전협정이라는 것이 마냥 무용한 것은 아닌 모양이었다. 주둔지 인근의 교통량이 눈에 띄게 늘었고, 비었던 집에 사람들이 돌아오면서 더 이상 을씨년스럽지 않게 되었다. 사람들이 많이 돌아온 탓인지 위태위태하게 되었다가 안 되기를 반복하던 데이터는 아예 먹통이 되어버렸다. 60일의 임시 휴전 동안 큰 마찰이 생기지 않는다면 이런 평화가 얼마간은 지속될 수 있겠다는 희망을 품기에 충분했다. IDF의 철수는 더디게 이루어지고 있었지만 LAF군이 태세를 정비하고 본연의 임무를 시작할 준비가 되면 상황은 더 나아질 것이었다.

레바논이 휴전으로 안정을 찾아가고 있는 가운데 옆 나라 시리아는 10년 넘게 이어진 내전이 종식되었다. 반군이 수도를 점령하면서 대통령은 피난길에 올랐고 공식적으로 반군의 승리가 확정된 것이었다. 시리아 내전은 그 원인과 전개를 명확하게 요약하기에는 정말 복잡한 분쟁이다. 시리아 내에서 소수집단에 해당하는 알라위파 이슬람

독재정권이 권위주의 통치를 지속한 것이 내전의 원인으로 지목되는데 종교적인 이유보다는 정권의 억압적인 통치방식이 갈등의 주원인으로 분석된다. 그러나 내전 기간 동안 ISIS의 출현이 끼어들기도 하고 쿠르드족의 독립을 위한 봉기도 섞여 있어 그 양상이 아주 혼란했다. 그럼에도 최대한 단순하게 요약하면 이란·헤즈볼라·러시아와 연대하던 정부군이 튀르키예·미국·사우디아라비아와 연대하는 반군에게 패배하여 실각한 사건이다. 시리아 정부군을 지원하던 헤즈볼라나 러시아가 그들 스스로의 전쟁에 집중하느라 예전보다 지원이 느슨해진 것도 시리아 내전에 적지 않은 영향을 미쳤을 것이다. 여기서 주목할 만한 것은 역시 이스라엘의 행보였다. 아사드 정권이 실각한 혼란을 틈타 이스라엘은 공습을 통해 시리아의 군사자산을 대부분 파괴하고는 골란고원 DMZ를 점령하고 더 나아가 시리아와 레바논의 국경에 위치한 헤르몬 산까지 점령했다. 시리아가 정권 교체의 틈바구니에서 혼란한 틈을 타 기존의 군사자산을 순식간에 무력화하고 무력에 의한 영토 확장까지 이루어 낸 것이다. 마치 처음부터 준비하고 있었던 것처럼 순식간에 이루어진 일이어서 시리아는 아무런 대응을 할수 없었다. 이것은 냉혹한 국제질서 속에서 정신을 똑바로 차리지 않으면 언제든지 영토, 주권, 안보를 침해당할 수 있다는 사실을 소리 질러 알리는 사건처럼 느껴졌다. 세상은 항상 좋은 방향으로 발전하고 있지만 언제나 위험하고 냉혹한 곳이기도 했다.

3장

저희 가게
정상영업합니다

파병은 어느덧 전개 100일 차에 접어들었고 레바논과 이스라엘의 전쟁도 조금씩 안정을 되찾아가고 있는 것처럼 보였다. 석회 가득한 물도, 일주일에 세 번씩 당직근무에 들어가는 것도, 어렴풋이 보이는 지중해도 모두 익숙해지고 있었다. 다만 몇 주째 통신이 먹통이 되어 인터넷이 되지 않는 것은 도무지 익숙해지지 않았다. 우리는 카카오톡이나 텔레그램 같은 메신저를 활용할 수 없어서 모든 인원이 무전기를 휴대하는 것으로 통신을 갈음하고 있었다. 우리가 사용하던 무전기는 배터리가 다 고갈되었을 때 요란한 소리를 내며 본인의 허기짐을 알렸는데 이것이 새벽 시간에 내 잠을 수탈해 가는 일이 잦았다. 가뜩이나 매일매일 생활 패턴이 바뀌는 일상 속에서 점점 불면증이 심해지던 와중이었기에 나는 무전기와 무전기의 주인이 괜히 더 미웠다. 새벽 5시에 복도에 걸린 방탄복 주머니에서 무전기가 삑- 삑- 하고는 배터리 고갈을 부르짖고 있으면 도무지 깨지 않고서는 버틸 재간이 없었다. 대체 누가 충전기에 무전기를 꽂아두지 않고 복도에 버려둔 것인지 원망스러운 마음에 잠에서 깨었다가 다시 잠들기 위해 노력했지만 새벽 5시는 현지 이슬람교도들의 기도 시간이어서 아잔 소리가 은은히 울려 퍼지기 마련이었다. 나는 그럴 때면 뜬 눈으로 기상 시간까지 컨테이너 천장과 눈싸움을 해야만 했다. 정말, 이렇게는 살 수 없는 노릇이었다.

이 사태를 어떻게든 해결하고자 나는 무선반장과 통신타워 수리에 나섰다. 통신타워는 통신사의 미약한 신호를 증폭해 주는 역할을 했는데 이것을 잘 손보면 데이터나 통화가 다시 가능할지도 모르는 일이었고 새벽에 무전기의 발작 증세로 고통받지 않아도 되리라. 공병

중대의 전기담당 주무관님, 나, 무선반장, 세 명은 공구를 바리바리 싸 들고 통신타워 앞에 섰다. 무선반장이 통신장비를 점검하는 사이 나와 주무관님은 통신타워에서 발전기까지 두꺼운 전기선을 새로 연결하기 시작했다. 가설 작업을 서둘러 마치고 나는 부대 인근을 돌아다니며 데이터 속도 측정 결과를 무선반장에게 무전으로 알렸다. 그걸 바탕으로 무선반장은 통신타워가 최적의 성능을 낼 수 있도록 장비를 조율했다. 반나절을 통신타워와 씨름하고 있으니 몇몇 지점에서는 데이터가 꽤 원활히 작동하기 시작했다. 조금만 더 애쓰면 제법 쓸만한 수준까지 통신이 복구될 것이 분명했다.

다시 카카오톡이 작동하고 뉴스를 통해 세상의 소식을 접할 수 있게 되자 문명의 세계로 돌아온 것 같은 느낌이 들었다. 요즘 현대인들은 손에서 휴대폰을 놓지 못해 억지로 몇 시간씩 디지털 디톡스를 하는 경우도 있다는데 몇 주, 몇 달 단위로 강제 디지털 디톡스를 하고 나면 휴대폰이라는 것이 해악만 끼치는 물건이 아님을 알 수 있게 된다. 다만 데이터는 여전히 원활한 수준까지는 아니어서 3G로만 작동했다. 나는 한창 3G가 상용화되어 있던 시기에는 중·고등학생이어서 공부를 위해 2G폰을 사용했기 때문에 3G의 통신 속도는 처음 경험하는 것이었다. 10년의 세월을 거슬러, 8,000Km의 공간을 거슬러 처음 3G와 마주한 것이다. 불과 십 년 전만 해도 2MB, 3MB의 사진을 전송하는 데에도 십여 초 이상이 소요되는 느릿느릿한 무선통신 환경이었구나. 세상의 기술은 계속 편리한 방향으로 좋아지기를 반복했구나.

우리의 통신타워가 미약하게나마 영업을 재개한 가운데 부대 인근의 마을들도 행정을 재개했다. 압바시아·부르즈라할·부르글리아·디바·샤브리아의 5개 마을의 시장들은 피난을 끝내고 다시 그들의 일터이자 삶의 터전으로 돌아왔다. 단장님은 전쟁 피해 복구를 위해 어떤 지원이 가장 시급한지 의견을 듣고자 인근 마을 시장들을 부대로 초청했다. 시장들과 부대의 간부님들은 레바논 음식과 한식을 한 상에 차려놓고 함께 식사하며 그간의 안부와 민군 작전*을 위한 의견을 공유했다. 전쟁으로 인해 잠정 중단되었던 민군 작전을 이제 본격적으로 재개하려는 것 같았다.

나는 인근 마을의 시장들이 방문할 때 형광 조끼와 형광봉을 들고 주차 안내를 하고 있었다. 시장이라는 호칭이 거창해 보이지만 엄밀히 따지면 시골의 이장 혹은 면장에 가까웠다. 부대 인근의 마을들이 인구 1만 남짓한 행정단위여서 그렇기도 하고 행정 체계상으로도 그랬다. 레바논의 지방자치 체계는 레바논을 식민 지배했던 프랑스의 영향 때문인지 프랑스의 그것과 아주 비슷했다. 프랑스가 레지옹(광역)-데파르트망(중간)-코뮌(기초)으로 이어지는 체계 속에서 레지옹과 데파르트망에는 관선 주지사·도지사를 파견하는 반면 코뮌의 시장은 선거로 선출하는 것처럼 레바논도 무하피자(광역)-카자(중간)-시(기초)로 이어지는 체계 속에서 무하피자와 카자에는 관선 주지사·도지사를 파견하고 시장은 선거로 선출했다. 그러니 시장이라고 해도 기초지방자치단체의 규모가 워낙 작은지라 전쟁 피해 복구를 위한 인력 및 자원을 가용하기 어려운 것이었다.

민군 작전을 담당하는 간부님들은 시장들의 의견을 토대로 우리가

---

*   군이 민간인들을 대상으로 펼치는 대민 작전으로서 레바논에서는 인도주의적 지원이 주를 이루었다.

지원해 줄 수 있는 공사나 물품을 정리하기 시작했다. 전쟁 때문에 석 달에 걸쳐 해야 했던 일을 1~2주 안에 처리해야 했으니 그 분주함은 말할 것도 없었다. 그렇게 2024년 12월부터 우리 부대는 태권도 교육, 뜨개질 교실, 한국어 교실, 비누 만들기 교실과 같은 교육 프로그램과 각종 공사, 물품 지원을 재개했다. 그러면서 우리 부대에 필요한 공사 들도 동시에 진행했는데 중요한 건물 주변에는 콘크리트 구조물을 설 치해 방호력을 높였고 몇 년째 미뤄두었던 생활관 개선 공사도 드디 어 시작했다. 이 과정에서 남부 레바논의 중요한 문화를 알게 되었는 데 그것은 바로 '인샬라' 정신이었다.

인샬라는 아랍어로 '신의 뜻대로'라는 뜻을 가지고 있다. 레바논 사람들은 인샬라 정신에 투철했는데 지각을 하거나 작업이 늦어지는 경우, 혹은 당초 계획과 다른 물건을 납품하는 경우에 이 인샬라를 적 극적으로 활용했다. 원래의 의도와 다른 방향으로 일이 진행되거나 조금 틀어져도 그것이 신의 뜻이라면 어쩔 수 없는 것 아니냐는 일종 의 자기 항변인 것이다. 이런 현지의 문화는 공사나 물건 납품의 관 리·감독을 위한 노력을 더 요구하기 마련이었다.

그레이 크리스마스

어느덧 연말이었고 우리의 파병도 반환점을 돌고 있었다. 아프리 카 항로로 뱃머리를 돌린 해상화물은 아무런 소식이 없었고 PX의 문 은 굳게 닫혀버렸다. 기존에도 1인당 한 달에 콜라 두 캔, 담배 한 보루, 화이트하임 한 개와 같은 구입 제한이 있었는데 이제는 그조차도 할당할 수 없게 되어버린 것이었다. 그나마 김치가 동나지 않은 것은 다행이었지만 배추김치가 창고 깊숙한 곳에 보관되어 있어 창고 입구에 수북이 쌓인 열무김치를 먹어치우기 전까지는 배추김치를 꺼내기 위한 길이 열리지 않아 하루 세 끼 열무김치만 배식되는 것은 아쉬웠다.

이 시점에서 용사 대부분은 불면증을 앓고 있었다. 전쟁 기간 동안 알게 모르게 스트레스가 누적된 탓도 있었지만 가장 큰 원인은 근무 투입으로 인해 매일매일 생활 패턴이 달라져서였다. 일주일에 세 번씩 근무에 투입되다 보니 오늘은 22시에 정상적으로 취침해도 내일은 00시에 퇴근하고 나흘 뒤는 밤을 꼬박 새워야 하는 일이 반복되었다. 세상에 다양한 라이프 스타일이 등장하고 있다지만 결국 사람은 밤에 자야 한다는 사실은 변치 않는다. 더군다나 매일매일 취침 시간이 변하게 되면 깊게 잠들지 못하고 피로가 끝없이 쌓여가기 마련이었다.

우리는 점점 신경질적으로 변해 갔고 나도 예외는 아니었다. '아귀'라는 귀신은 위장은 거대한데 식도는 작아 항상 배고픔과 갈증을 해소하지 못하고 식탐에 고통받는다고 하는데 우리는 마치 '잠 아귀'가 되어버린 듯했다. 잠에 대한 갈증은 태산만 한데 쉽게 잠들지도 못하고 깊게 잠들지도 못해 항상 수면욕을 충족시키지 못하고 있었다.

연말 분위기는 크리스마스로 절정을 맞는 법이다. 부대 내에 있는 교회와 성당에서는 부대원들이 모여 트리를 꾸미고 있었다. 비록 현지 정세도 혼란하고 국내의 분위기도 좋지 않아 축제나 행사를 하기에 적합하지는 않았지만 저마다 소소하게 연말을 기념했다. 레반트 지역의 크리스마스는 '화이트 크리스마스'와는 거리가 멀었다.

크리스마스가 예수님의 탄생을 축하하는 행사인데 정작 예수님이 태어나신 지역은 우기를 맞아 장대비가 쏟아지는 것이 아이러니하게 느껴지기도 했다. 어쩌면 우리는 성탄절을 기념하는 서구권의 문화를 즐겼던 것이지 예수님의 탄생에는 큰 주안점을 두지 않았던 것일지도 모르겠다.

그리고 예수님이 태어나셨다는 베들레헴은 이 순간에도 이스라엘과 팔레스타인의 교전으로 많은 사람들이 죽고, 다치고 있었다. 예수님이 태어나시고 활동하셨던 지역에서 성탄절을 보내는 것은 아주 의미 있는 경험이었지만, 동시에 그 땅이 전란으로 얼룩진 것은 착잡한 일이었다. 여러모로 '화이트 크리스마스'보다는 '그레이 크리스마스'에 가까운 우중충한 시간이 이어지고 있었다.

12월의 레바논 날씨는 늦가을처럼 쌀쌀했고 바람이 거세게 불었다. 비는 한번 내리면 수 시간씩 물 폭탄을 쏟아부었고 천둥 번개가 쉴 새 없이 몰아쳤다. 이렇게 번개가 많이 치면 공기 중의 질소를 고정시킬 테니 땅은 비옥하겠다는 생각이 들었다.

두꺼운 옷을 해상화물로 보냈던 부대원들은 추위에 떨면서 어쩔 수 없이 군복 안에 반 팔을 몇 벌 겹쳐입기도 했다. 낮에는 비교적 괜찮았지만 당직근무를 서다 보면 밤 기온이 몹시 차갑게 느껴졌다.

우리가 생활하던 생활관은 컨테이너였기 때문에 장대비가 쏟아지면 마치 드럼을 두드리듯 온 건물이 요란하게 울렸다. 창문을 닫아둬도 환풍구나 컨테이너 틈새로 물방울이 비집고 들어와 수건과 테이프로 벽면을 막아두어야 했고 근무를 다녀왔더니 침대와 방이 흥건하게 젖어 있는 일도 있었다.

거의 매일같이 이런 날씨가 반복되어 빨래는 할 수 있을 때 미리 해두어야 했고 빨랫줄에 널어둔 옷들이 소낙비에 흠뻑 젖어버리는 것이 일상이었다. 비가 심하게 내릴 때는 우산을 써도 온몸이 젖어버렸기 때문에 이럴 거면 우산은 왜 쓰나 싶었지만 우산을 접으면 세차장에 들어온 자동차와 같이 물대포를 맞기 일쑤였다. 폭우 속에서는 걸어서 5분 거리에 있는 식당이 그렇게 멀게 느껴질 수 없었다.

연말의 어느 주말에 나는 주간 당직근무를 서고 있었다. 번개가 치면 낙뢰 조치를 해야 했기 때문에 오늘은 그냥 번개 없이 조용히 비만 내리면 좋겠다고 생각하며 멍하게 허공을 응시하고 있었다. 그런데 당직사령님이 대뜸 어디서 타는 냄새나지 않느냐는 것이었다. 밖이 물난리가 날 정도로 비가 쏟아지는데 붙었던 불도 꺼지겠다 싶어 잘 모르겠다고 대답하려던 찰나 벽면에서 연기 같은 것이 스멀스멀 올라왔다. 가까이 가보니 정말 매캐한 냄새가 났는데 그 벽은 각종 통신선, CCTV와 감시장비 회선, 전기선이 엉켜 지나가는 공간이었다. 건성으로 넘길 일이 아니어서 통신·공병 담당자와 참모들이 급하게 소집되어 상황을 점검했다.

연기가 피어올랐던 벽 안에는 마치 뱀굴을 연상시킬 정도로 수많은 선이 엉켜 있었고 어떤 선이 사용하는 선이고 사용하지 않는 선인지도 구분할 수 없는 상황이라 일단은 전력을 다 차단했다. 아무래도 벽 사이로 물방울이 파고들어 과전류가 흐른 모양이었다. 최악의 상황에는 그 수백 개의 선 다발을 새로 설치해야 할지도 모를 일이었다. 가설병이었던 나는 새해의 시작이 심상치 않음을 느끼고 있었다.

그리고 혹시나 하는 마음에 통신센터를 점검하러 들어갔더니 전화기 교환대와 단자함 천장에서 물이 새고 있었다. 단자에 과전류가 흘러 단자가 손상되기라도 하면 수백 대의 전화기가 동시에 고장 나도 이상하지 않았고 그건 남은 4개월 동안 매일매일 야근을 해도 정상화를 시킬 수 없을 작업량이었다. 당장 부대에서 구할 수 있는 비닐을 있는 대로 긁어모아 단자와 교환기를 덮었다. 천장은 아무리 애를 써도 물이 새는 것을 막을 수 없었다. 우선 이 비가 그쳐야만 점검이라도 해 볼 수 있을 것이었다. 나는 영 찜찜한 마음을 안고 퇴근했다. 아무래도 2025년 새해는 바쁠 것 같았다.

새해엔 새 전화기를

새해가 밝았지만 나의 마음은 마냥 밝지만은 않았다. 지난 폭우의 여파로 야외에 가설해 두었던 통신선들에 물이 새어 들어가 먹통이 된 구간이 많이 식별되었고, 통신센터에 발생한 누수 피해로 단자함 자체가 고장 난 구간도 많이 있었다. 당장 수리 요청이 들어온 건수만 합쳐도 한 달 동안 계속 작업을 해야 하는 수준이었는데 아직 파악하지 못하고 있는 구간까지 고려하면 얼마나 더 많은 말썽이 숨어 있을지 모르는 일이었다.

가장 시급했던 것은 위병소의 비상벨과 탄약고의 비상벨 구간에 발생한 문제를 조치하는 것이었다. 매일 비상벨 점검을 진행했기 때문에 문제가 발생한 것은 바로 식별할 수 있었는데 문제는 수리를 위한 기자재는 바로바로 수급할 수 없다는 것이었다. 여전히 레바논 남부에는 물자가 부족했고 우리가 보관하고 있던 수리 기자재도 파병 4개월 차에 접어들며 부족해진 상태였기 때문에 현지 조달을 하려 해도 며칠이 소요될 것이었다. 우리는 슐레이만에게 비상벨 수리에 필요한 물건 구입을 요청한 뒤 초소에 있는 전화기들을 조치하러 이동했다.

부대 주변에 둘러진 울타리를 따라 이동하는데 평소에 본 적 없던 노란색 셰퍼드 한 마리가 부대 안에서 어슬렁거리고 있었다. 들개같이 보이지는 않았는데 인근 주민들이 사냥개로 기르다가 피난을 가며 버려진 것 같았다. 이 녀석이 위병소를 어떻게 통과했는지는 모르겠지만 본인이 이 부대에 들어와 놓고서는 뻔뻔하게도 낯선 공간에 들어와 주변을 잔뜩 경계하고 있었다. 조금은 날카롭고 사납게 생긴 생김새 때문에 나는 그 녀석 주변에 다가가지 못하고 멀찍이서 조심히 지켜보고 있었다.

그때 주변을 지나가던 다른 용사들이 겁도 없이 그 개에게 성큼성큼 걸어가더니 머리를 쓰다듬기 시작했다. 그런데 짖거나 싫어하는 기색 없이 더 쓰다듬어 달라며 사람들을 쫓아다니는 것이 아닌가. 아무리 봐도 사람의 손을 많이 탄 녀석 같았다. 그래서 나도 용기 내어 한껏 목덜미와 대가리를 쓰다듬어 주었더니 그 녀석은 오후 작업 내내 나를 따라다녔다.

사람들은 이 녀석의 황금빛 털을 보고 누렁이라는 이름을 지어줬다. 그다지 성의 있는 이름은 아니어서 이름을 지어줬다고 해도 될는지는 모르겠지만 확실히 직관적인 이름이었다. 누렁이는 서너 살쯤으로 보이는 암컷 개였는데, 혈기왕성한 수컷 개인 세계와 평화는 온종일 누렁이와 함께 다니면서 남사스러울 정도로 가깝게 지냈다. 들리는 얘기로는 누렁이를 이 부대에 데리고 온 것이 세계라고 한다. 새벽을 틈타 위병소 밖 산책을 나갔다가 들개 무리에 섞여 있던 누렁이를 빼내어 사랑의 도피를 했다는 것이다.

나이 많은 암컷 개인 동명이는 누렁이를 못살게 굴었다. 원래 늙은 개들은 새로운 개나 사람을 경계하는 법이기도 하고 누렁이가 세계와 평화의 관심을 독차지하니 질투 같은 것이 샘솟았는지도 모르겠다. 동명이를 좋아하는 몇몇 부사관들도 동명이가 싫어한다는 이유로 누렁이를 당장 부대 밖으로 내쫓아야 한다고 얘기했다.

처음 보는 개가 돌아다닌다는 얘기를 듣고 참모부는 의무대와 함께 누렁이의 처분에 대해 토의했다. UN군의 SOP(Standard Operating Procedure, 규정)는 부대에 유입되는 동물을 학대하거나 내쫓지 말 것을 요구했고 대한민국 군부대의 규정은 위생이나 질병의 전파 예방을 위해 동물의 사육을 지양하고 있었다. 동명부대는 UN 평화유지군이면서 동시에 대한민국의 군대이기도 해서 입장이 꽤 난처했다. 잠정적인 결론은 우선 UN군의 규정에 따라 강제로 내쫓지는 않되 앞으로 개들이 위병소 안으로 들어오지 못하게끔 주의하고 새로 개들이 들어올 것 같으면 먹이를 주거나 정을 붙이지 않음으로써 스스로 나가게끔 유도하자는 것이었다. 그렇게 누렁이는 동명부대의 새 식구가 되었다.

이맘때쯤 우리 부대는 방탄복과 방탄모를 착용한 상태에서는 울타리 산책을 허용했는데 그 덕분에 개인정비 시간에 누렁이와 함께 달리기를 할 수 있었다. 누렁이는 품종 자체가 사냥개였고 우리 부대에 들어오기 전까지는 들개무리와 어울려 지내서인지 웬만한 특전사보다 달리기를 잘했고 쉽게 지치지도 않았다. 그래서 누렁이와 함께 울타리를 따라 달리기를 하면 보통은 내가 먼저 지쳐서 주저앉고 실컷 달리던 누렁이가 뒤를 돌아보는 식이었다. 나는 숨을 헐떡거리며 방탄복과 방탄모만 없었으면 더 잘 뛸 수 있다는 변명을 중얼거렸다.

제한적으로 울타리 산책이 가능해진 것은 그만큼 주변 정세가 안정되었다는 뜻이었다. 지난 4개월 동안 부대 인근에 약 2,000번의 폭격이 발생할 정도로 정세가 불안정했는데 점차 안정을 되찾기 시작한 것이었다. 이제 부대 주변에서 폭탄이 터지는 것은 이스라엘에 의한 공습 때문이 아니라 레바논 공병들이 불발탄을 제거하는 작업 때문이었다. 점점 우리의 파병 생활도 평화기에 접어들 것이라고 생각했다. 그렇지만 마냥 편한 생활이 될 것은 아니었다. 나는 통신병으로서의 임무에 더해 24시간 연중무휴로 운용되는 상황병 근무를 6명이 교대로 소화하고 있었고, 상황 근무에 투입되지 않는 7~8명은 무전병 근무에 투입되었다.

그런데 새벽 시간 근무는 너무 피곤하고 무료하기 때문에 꾸벅꾸벅 졸거나 딴짓을 하기 마련이었다. 인터넷이 되지 않는 PC여서 메모장에 글을 적어 옆 근무자와 잡담을 하거나 한컴 타자 연습 정도가 우리가 할 수 있는 전부였다. 그런데 몇몇 간부들이 용사들의 근무 태도가 불량하다는 클레임을 끊임없이 제기했다. 근무·휴식 여건도 보장되지 않고 주말이나 쉬는 날도 없이 근무에 투입되니 항상 엄정한 근무 강도를 유지하기는 힘든 일이었지만 그런 것은 전혀 고려사항이 아니었다. 결국 정말 군대스러운 해결 방안이 제시되었는데 무전근무자가 사용하던 PC를 철거하고 입·퇴영자 기록 및 무전점검일지, 인수인계사항 등은 앞으로 수기로 작성하는 것으로 전환했다. 심지어 근무 중 독서도 금지했다.

근무에 들어오는 당직사령과 당직부관은 간부여서 휴대폰도 소지할 수 있고 근무 중에 유튜브 시청, 인터넷 서핑, 개인 메신저 이용을 자유로이 하면서 당직비도 지급받고 기껏해야 한 달에 한 번씩 당직근무에 투입되는 것과 대조적으로 우리는 이틀에 한 번꼴로 근무에 투입되어 책상에 종이를 펼쳐놓고 멍청하게 앉아 있어야 했다.

거기서 끝이 아니었다. 부대에 CCTV는 설치되어 있는데 근무자를 운용하지 않는 것은 문제가 있다며 CCTV 근무를 신설해 버렸다. 인력이 도저히 부족해 24시간 근무는 불가능해서 08시부터 16시까지만 운용하는 것으로 결정되었지만 많은 의문점이 있었다. 첫째는 감시병이 전문 감시장비를 가지고 24시간 부대 인근 감시를 하고 있는데 CCTV 근무가 기능 중복이 아닌지 의문이었고, 둘째는 가뜩이나 인력이 부족해 평상일과와 당직근무를 모두 소화하기는 힘들었는데 여기서 CCTV 근무까지 신설하면 일과를 수행할 수 있는 시간은 더 제한될 것이었다. 용사들 본연의 임무보다 CCTV를 들여다보는 것이 더 중요한지 알 수 없었다. 셋째는 특전사들은 정세 불안정을 이유로 임무가 줄어 절반 이상의 인원들이 휴식 대기를 하고 있는데 이미 주말도 휴일도 없이 근무에 투입되는 용사들에게 CCTV 근무를 맡겨야만 하는지였다. 여러모로 마른걸레를 쥐어짠다는 감상을 지울 수 없었다. 이미 충분히 제약적인 근무 환경이 더 악화되어 우리는 전쟁이 한창이었던 9월, 10월보다 더 힘든 시간을 보내기 시작했다.

나는 속으로 존 롤스가 주장한 '무지의 베일' 상태에서 우리 부대의 업무 분장을 나누었다면 용사들의 근무가 이렇게까지 혹독하지는 않을 것이라고 생각했다. 무지의 베일이라는 것은 가장 정의로운 사회 구조를 도출하기 위해 고안한 개념으로 당사자들이 스스로 처할 사회적 지위나 입장을 전혀 모르는 상태를 말한다. 동명부대의 경우에는 내가 취사병이 될 것인지, 특전사 부사관이 될 것인지, 단장이 될 것인지 모르는 상태일 것이다. 존 롤스는 무지의 베일 하에서는 사람들이 '최소 극대화' 전략을 택할 것이라 예측했다. 이는 모든 가능한 결과 중 가장 나쁜 상황을 상정하고, 그 최악의 상황이 그나마 가장 나은 조건이 되도록 사회 구조를 만든다는 의미다. 예를 들어 취사병이 가장 혹독한 의무를 부담해야 한다면 그들의 처우가 더 나아질 수 있는 사회 구조를 선택할 것이고 특전사 간부의 의무가 가장 혹독하다면 그들의 처우가 나아지는 사회 구조를 선택할 것이라는 뜻이다. 나는 무지의 베일 하에서 최소 극대화 전략을 취한다면 이미 충분히 제약적인 근무 부담을 가지고 있는 용사들에게 짐을 더 지우지는 않을 것 같았다.

그러나 한편으로는 이것이 군대의 본질이라는 생각도 들었다. 군대는 기본적으로 비합리적인 상황에 대비하기 위한 조직이다. 대화와 타협으로 갈등을 해결하는 것과 폭력과 강요로 갈등을 해결하려는 시도를 비교하면 단연 폭력은 비합리적인 수단이다. 그리고 총알과 포탄이 빗발치는 전장 속에서 죽음을 무릅쓰고 적진을 향해 돌진하라는 명령은 비합리적이지만 그것을 수행하는 것이 군인의 의무이다. 그러니까 군조직의 목적과 수단에는 어쩔 수 없이 비합리와 부조리가 내포되어 있는데, 그런 조직에서 합리성만을 좇는 것은 조금 어색한 것이다. 한 번씩 조직의 합리성을 경주하기 위해 마음의 편지도 수리하고 지휘관과 부대원들이 소통의 시간을 갖기도 하지만 그런 노력들이 최우선적인 우선순위를 갖는 것은 아닐 것이다. 여기는 군대니까.

순살계란

갑자기 부대의 심정장치가 고장 났다. 심정장치라는 것은 지하로부터 물을 끌어올려 물탱크를 채워주던 장치인데 그것이 고장 났으니 우리 부대는 물을 사용할 수 없게 된 것이다. 공병중대에서 심정장치 수리를 위해 서둘렀지만 수리에 필요한 부품도 수급해야 했고 수리를 완료하더라도 물탱크가 채워지는 데 걸리는 시간도 필요해서 물을 사용하기 위해서는 아무리 빨라도 만 하루는 걸린다는 것이었다.

물탱크가 바닥나 우리는 밥도 지을 수 없었고 샤워도 할 수 없었다. 하지만 더욱이 끔찍한 불편은 변기 물도 내릴 수 없었다는 것이다. 조금 지저분한 이야기이지만 대변기가 일회용이 되어버렸고 누군가의 온기가 남아 있는 대변기를 사용하려면 정말 비위가 좋거나 용감해야 했다.

안 좋은 소식이 이것뿐이었다면 그래도 괜찮았을 것이다. 악재가 하나 더 있었다. 바로 부대에 장염 환자가 20명 가까이 있었다는 것이다. 열댓 명의 장염 환자와 심정장치의 고장이 얄궂게도 동시에 발생해 버렸다.

　고작 300명도 안 되는 부대원 중에 장염 환자가 이렇게 많은 것은 레바논의 계란 유통 과정 때문이었다. 우리나라는 식용란의 유통 과정에서 세척이 이루어지기 때문에 계란 표면의 분변, 먼지, 난황 누출에 의한 오염 등이 제거되는 반면, 레바논의 계란은 대부분 세척 과정을 거치지 않고 유통되었다. 하얀색 계란 껍데기에는 회색의 얼룩덜룩한 오염물질이 붙어 있었고 가끔 닭의 깃털이 남아 있기도 했다. 뿐만 아니라 계란 자체의 신선도가 불량한 경우도 많았다.

　계란을 약하게 쥐어도 껍질이 깨져버리거나 노른자가 이상할 정도로 해리되어 퍼져버리는 계란들이 복불복 게임처럼 섞여 있었다. 그런 탓에 계란 후라이를 만들기 위해 껍질을 깨는 과정에서 계란 껍데기가 섞여들어 가기라도 하면 살모넬라균도 함께 계란 후라이에 자리를 잡아버렸다.

　이런 계란을 매일 섭취하다 보니 누구나 한 번쯤은 살모넬라균에 의한 설사를 경험했다. 특히 근육을 키우기 위해 매 끼니마다 계란 4~5개를 구워 먹는 특전사들은 살모넬라균에 더 노출될 수밖에 없었다. 강철 근육을 가진 그들도 내부로부터의 공격에는 취약했던 모양이다. 이런 상황에서 심정장치가 고장 나 변기 물을 내릴 수 없었던 것은 이 부대의 비극이었다. 폭풍 같은 위기를 겪은 우리 부대는 상황이 진정될 때까지 계란 공급을 중단하겠다는 결론을 내렸고 거동 불능 상태가 된 장염 환자들의 빈자리를 메우기 위해 남겨진 사람들의 일과와 당직근무의 부담이 가중되었다. 당분간 계란을 먹을 수 없는 것도, 동료들이 쓰러져 나의 일거리가 늘어난 것도 모두 달갑지 않은 소식이었다.

　다행히 나는 장염에 의한 피해는 입지 않았다. 그러나 다른 부분에서는 건강상의 어려움을 겪고 있었는데 바로 수면 문제였다. 주기적으로 실시하는 장병 스트레스 조사에서 나는 수면과 관련된 스트레스가 극도로 높은 것으로 나타났고 이 때문에 의무대에서 진료를 받으러 오라는 연락이 왔다. 아무래도 사람은 밤에 잠을 자야 하고, 가급적 규칙적인 생활을 하지 않으면 안 되는 모양이다.

　나는 군의관님과 상담 끝에 수면에 도움이 되는 약물을 처방받기로 했다. 레바논에 오기 전에는 수면에 문제가 없었고, 이 부대의 열악한 근무 환경 때문에 일시적으로 수면에 어려움을 겪고 있는 것이니 의존성이 없는 약물을 처방받았다.

　하지만 약물을 통해 수면 문제를 해결하는 것은 언 발에 오줌을 누는 격이었다. 내가 수면에 어려움을 겪었던 것은 근무취침 이후의 밤이었다. 08시까지 당직근무를 끝낸 뒤에 근무취침을 하면 14시 내지는 16시까지 6시간에서 8시간을 잘 수 있었다. 그러나 그렇게 깊은 잠을 자고 나면 당일 22시에는 도저히 잠에들 수 없어 새벽까지 뜬눈으로 지새워야 했다.

　하지만 근무취침을 끝낸 나는 어김없이 06시 30분에 기상을 해야 해서 정상일과를 해야 하는 날에 피로가 남아 있는 것이었다. 생활 패턴이 꼬이지 않겠다고 근무취침을 하지 않을 수도 없는 노릇이다. 그래서 나는 근무취침을 끝낸 뒤, 밤에도 잠들기 위해 약물의 도움을 받으려던 것이다. 그러나 약을 먹은 다음 날에는 약효가 남아 있어 하루를 몽롱하게 보내기 일쑤였고 그날 밤에는 전날에 너무 많이 잔 탓인지 여전히 일찍 잠에 들 수 없었다. 그러니까 약물은 근본적으로 내 어려움을 해결해 주는 것이 아니라 피로를 이연시킬 뿐이었다. 한국에 돌아가기 전까지 이 문제는 해결될 수 없는 것이었다.

이런 일이 반복되다 보니 나는 당직을 서지 않은 날에도 잠에 드는 것 자체가 어려워지기 시작했다. 쉽게 잠들기 위해 근력 운동을 줄이고 유산소 운동의 비중을 늘렸으며 카페인을 일절 섭취하지 않았고 실내 온도와 광량도 수면에 최적화된 상황을 유지했지만 나는 여전히 잠들지 못했다. 아무리 잠을 자도 개운하게 피로가 해소된 느낌이 없었다. 마치 막대한 사채를 써서 월급의 대부분이 이자로 빠져나가고 부채원리금은 줄어들지 않는 사람처럼 내 취침은 근본적인 피로를 해소해 주지는 못하는 것 같았다.

나는 좀비 인간이었다. 그러다 보니 베개에 머리를 맞대는 것만으로도 꿈나라로 떠나버리는 사람들이 부럽기 그지없었다. 내게는 그것이 어떤 초능력처럼 보일 정도였고 가능하다면 나도 내 의지로 언제든지 잠에 들고 싶었다. 잠에 들기 위해 10kg에 달하는 방탄복과 방탄모를 뒤집어쓴 채 경사진 순찰로를 빙글빙글 도는 것은 진절머리가 났다. 쉽사리 잠에 드는 사람은 내 고충을 전혀 이해하지 못할 것이고 본인의 행운에 그다지 감사하지도 않을 것이다. 오히려 "나는 너무 잠이 많아서 탈이야"라며 불평불만을 늘어놓을지도 모를 일이다.

그런데 그것은 나도 마찬가지 아닌가? 나는 내가 가지고 있는 것에, 내가 갖춘 것에 충실히 감사하고 있었던가. 노인은 나의 젊음을, 시한부는 내게 주어진 남은 날을 부러워할 것이다. 울타리 밖의 시리아 난민들은 대한민국에서 태어난 나를 부러워할 수도 있고 동부여

단의 네팔이나 인도대대 군인들은 보급품이 넉넉한 대한민국의 군인을 부러워할 수도 있다. 야금야금 이마 머리 라인이 침식되는 사람은 내 풍성한 머리털을 부러워할지도 모를 일이다. 하지만 나는 그런 것들을 당연시하고 그다지 감사함을 느끼지 못할 테니 다른 사람들에게 나는 얄밉게 보일지도 모를 일이다. 그러니까 수면 부족으로 칭얼거리는 것은 사소한 문제일 수도 있는 것이다. 마음을 조금만 다르게 먹으면 불편한 일보다 감사한 일이 많은 것인데 우리는 결핍에만 너무 신경을 쏟는 것일지도 모르겠다. 그것이 발전과 노력의 원동력이 되기도 하지만 쇠에서 생긴 녹이 점점 쇠를 집어삼키는 것처럼 감사함에 인색하고 가슴에 구멍이 뚫려 결핍에만 집중하는 사람은 점점 그 구멍이 커질 것이다.

세상엔 내 마음대로 되지 않는 일투성이지만 그건 당연한 것이고 나는 순전히 우연으로 많은 행운을 누리고 있다. 그 사실을 아는 것으로부터 겸손이 비롯되고 동료 시민들과의 연대가 시작될 수 있을 것이다. 결론적으로, 나는 내가 양질의 잠을 자기 어려운 상황임을 덤덤히 받아들이기로 했다.

고정감시초소

우리 부대는 수도 베이루트에서 남부 레바논으로 연결되는 고속도로에 고정감시초소라는 것을 운용하고 있다. 남부 레바논으로 유입되는 불법 무기의 차단을 막고자 차량 검문을 하는 역할인데 며칠 전부터 우리 초소와 LAF군 초소를 연결한 핫라인 통신이 먹통이 되었다고 한다. 그렇다는 것은 레바논군의 초소와 우리 부대의 초소 사이에 새로운 통신선을 설치하고 핫라인 전화기도 새것으로 교체해야 한다는 뜻이었고, 그 작업을 위해 나는 파병 6개월 만에 처음 바깥으로 나가게 되었다.

부대 바깥으로 나가기 위해서는 방탄모와 방탄복, 총을 소지하고 개인 탄약도 지급받아야 했다. 부대 바깥에서 총알을 잃어버려서는 안 되기 때문에 방탄복 주머니에 탄창을 집어넣고 조심히 버튼을 체결했다. 현장에서 어떤 돌발 상황이 생길지도 모르는 일이고 수리를 위해 출영하는 것 자체가 아주 번거로운 일이어서 기자재 파악도 꼼꼼하게 했다. 새로 교체할 전화기가 작동하는지 두 번 세 번 확인했고 통신선도 우리가 가지고 있는 것 중에 가장 튼튼하고 굵은 선으로 챙겼다. 최대한 높은 위치에 통신선을 단단히 고정하기 위해 가장 길고 튼튼한 사다리, 그리고 가장 크고 굵은 케이블타이를 챙겼다.

우리가 타고 이동할 전술용 소형차량에는 기동정찰 작전에 필요한 물품이 적재되어 있었고 정찰 임무를 수행하는 인원도 탑승해야 해서 여유 공간이 거의 없었다. 수리용 기자재를 최대한 구깃구깃 욱여넣어야만 트렁크를 닫을 수 있었다.

정신없이 모든 준비를 마치고 지휘통제실에서 우리의 위치를 추적할 수 있도록 실시간 위치 공유도 활성화했다. 이윽고 특전사 형님들과 나를 태운 차량은 위병소 정문을 빠져나갔다.

우리가 수리해야 할 고정감시초소는 총 두 곳이었다. 우선 해안고속도로에 위치한 초소 먼저 수리를 진행했는데 그곳은 가장 빠른 길을 기준으로 주둔지로부터 30분 거리에 자리 잡고 있었다. 반년 만에 만난 레바논의 도로는 혼잡하기 그지없었다. 수도인 베이루트가 어느 정도 질서정연했던 것과 달리 남부 레바논은 신호체계랄 것도 없고 차선이랄 것도 딱히 없었다. 차량은 왼쪽에서도 추월하고 오른쪽에서도 추월했으며 교차로에서는 눈치와 담력이 필요했다.

전술차량들은 서로 멀리 떨어지거나 대열 사이로 다른 차량이 끼어들지 않게끔 간격을 조절하며 이동했다. 운행 중에 비우호적 행위나 불의의 교통사고가 발생할 수도 있는 만큼 실시간으로 주의해야 할 사항들을 공유했다. 무전기는 오른쪽 도로에 사람이 있다든가, 왼쪽에 추월하는 오토바이가 있다든가, n호차까지 교차로 진입을 완료했다든가 하는 정보들을 쉼 없이 뱉어냈다.

나는 레바논 사람들이 일하는 모습만을 봤기 때문에 다들 여유롭고 시간에 쫓기지 않는 생활을 하는 것으로만 생각했지만 도로 위에서 그들은 전혀 다른 모습이었다. 운전할 때만큼은 '인샬라' 같은 것이 없었다. 앞의 차를 추월하기 위해서는 역주행도 서슴지 않았고 한 차로에 두 개의 차가 끼겨서 선두를 차지하기 위해 애쓰는 모습도 심심찮게 보였다.

시골길을 통과해 티르 도심에 들어섰을 때는 폭격으로 무너진 건물들을 지나칠 수 있었다. 무너지기 전에 7~8층은 되었을 것 같은 거대한 건물의 잔해 아래에 차량이 깔려 있기도 했고 반쯤 무너진 건물 안에서 근근이 장사를 이어가는 가게도 보였다. 어떤 주택은 어찌나 강한 폭탄에 덮쳐졌는지 집터 자체가 오목하게 파여 있기도 했다. 지난 전쟁의 여파로 도시 자체가 반파된 것 같은 인상이었다. 다만 파손된 도로는 다 복구되어 있었기 때문에 기동에는 큰 제약이 없었다.

북쪽으로 몇 분을 더 달려 초소에 도착했다. 혹시나 하는 기대감으로 선로 점검을 진행했지만 전화기는 침묵했다. 선 문제가 아니라 전화기 문제라면 가설 작업 없이 전화기만 교체해도 괜찮으니 새 전화기로 교체하고 다시 점검을 진행해 봤지만 문제는 여전했다.

아쉬운 마음을 뒤로한 채 소형 전술차량에서 사다리를 꺼냈다. LAF군의 검문소는 우리 초소에서 꽤 멀리 위치해 있었다. 직선거리로는 약 300~400m 정도 되었는데 그곳까지 7m 정도 높이로 통신선을 가설해야 했다. 그러기 위해서는 사다리를 타고 첫 전신주에 통신선을 고정한 후, 선을 다음 전신주까지 끌고 가서 다시 사다리를 타고 올라가 고정한다. 그리고 있는 힘껏 선을 당겨 팽팽하게 만드는 작업을 10번에서 15번 정도 반복해야 하는 것이었다.

다행히 레바논의 전신주는 우리나라의 전신주와 생김새가 달라 작업에 더 용이했다. 우리나라의 전신주는 콘크리트 원기둥 모양이고 선을 고정할 수 있는 위치가 꼭대기로 한정되어 있지만, 레바논의 전신주는 두 개의 기둥을 세워두고 그사이에 X자 지지대가 반복해서 위치하고 있는 작은 소형 철탑 모양이었다. 덕분에 철탑의 적당한 위치 아무 곳에나 선을 묶어둘 수 있었다.

혹여나 통신선이 강하게 묶여 있지 않으면 바닥으로 떨어지거나 축 늘어져 손상될 수 있기 때문에 전신주마다 케이블타이를 3~4개씩 사용했고 그것으로도 마음이 놓이지 않아 튼튼한 철사를 이용해 매듭도 묶었다. 매듭을 묶기 전에 이전 전신주로부터 통신선을 평행하게 만들기 위해서 힘껏 당길 때는 전신주 사이의 거리도 멀고 사용하는 선도 두껍고 튼튼한 것이어서 아주 무겁게 느껴졌다. 우리는 1시간에 전신주 2~3개꼴로 작업을 진행하며 나아갔다.

도로 옆에서 작업을 하고 있으면 레바논 현지인들이 인사를 건네는 경우도 있었고 경적을 울리거나 손을 흔들며 반가움을 표하기도 했다. UN군에게 우호적인 감정을 가진 것인지 한국 부대에 우호적인 감정을 가진 것인지는 모르겠지만 반갑게 맞아주는 것이 고마울 뿐이었다. 그러나 헤즈볼라 깃발을 창밖으로 흔들며 이동하는 차량이 보이면 괜스레 긴장되었다. 한 시간에 두 세대 정도는 헤즈볼라 차량을 만날 수 있었는데 그 차에 타고 있는 사람들은 모두 굳은 표정으로 우리를 응시하고 있었다. UN군만 없었다면 아무 방해 없이 로켓도 반입하고 이스라엘에 투쟁을 이어갈 수 있다는 생각을 하고 있을까, 아니면 이스라엘이 폭격을 가하더라도 UN군이 아무런 도움이 되지 않으니 달갑지 않은 마음을 품고 있는 것일까? 혹여나 그들이 갑자기 덮치기라도 하면 사다리에 올라탄 나는 아무런 저항도 하지 못할 것이었다.

작업은 15시쯤에 이르러 세 가지 암초를 만나고 말았다. 첫째로 우리는 기동정찰 중인 차량에 합류해 부대로 복귀해야 했는데 그러기 위해서는 1시간 내로 작업을 마무리해야 했다. 그러나 남은 작업량은 1시간으로는 도저히 해결할 수 없었다. 둘째로 우리가 챙겨온 통신선이 바닥나 버렸다. 제법 넉넉하게 챙겨왔는데 레바논군의 검문소가 생각보다 더 멀었던 것이다. 셋째로 검문소는 도로 건너편에 위치해 있었는데 통신선을 연결할 수 있는 경로는 두 개가 있었고 어느 경로가 적합할지 토의가 필요했다. 선을 최대한 높게 띄워 도로 위 상공을 가로지를 수도 있었고 리타니 강을 건너는 교량 바닥을 따라 선을 설치할 수도 있었다. 어떤 방법이 적절할지 고민이 더 필요했다. 사소한 문제가 하나 더 있다면 점심식사를 전달받지 못해 배가 무진장 고팠다. 배도 고프고 체력도 바닥났으며 시간과 장비도 충분하지 않았기 때문에 결국 첫날 보수 작업은 목표한 작업량을 채우지 못한 채 마무리되었다.

이틀 뒤 우리는 다시 장비를 챙겨 고정감시초소 핫라인 설치 작업을 재개했다. 지난번에 마무리하지 못한 해안 고속도로 작업을 마무리해야 했고 산악 고속도로 작업도 새로 시작해야 했다. 오전에 산악 고속도로 작업을 진행하고 오후에 해안 고속도로 작업을 마무리하기로 했다.

산악 고속도로의 고정감시초소와 LAF군 검문소는 꽤 가까웠다. 직선거리로는 150m 정도 되는 것 같았다. 다만 전신주 근처의 경사가 험하고 가시덤불이 엉켜 있어 작업 자체의 불편함은 더 컸다. 도저히 걸어서 통신선을 끌고 갈 수 없는 구간에서는 카우보이들이 로프를 던지듯이 선을 던져야만 했다. 다만 해안 고속도로와 달리 LAF군 초소와 우리 초소는 나란히 위치하고 있었고, 그 덕에 고속도로를 가로질러 작업할 필요가 없어 오전 중에 완료할 수 있었다. 비상벨과 핫라인이 모두 작동하는 것을 확인하고 우리는 해안 고속도로로 이동했다.

이동하는 길에는 바다를 마주 보고 언덕을 가파르게 내려오는 구간이 있었는데 날씨가 맑아 야자수와 지중해가 눈앞 가득 펼쳐졌다. 레바논이 지금보다 평화로웠던 몇 년 전에는 부대원들이 지중해에 놀러 가는 일도 많았고 영외 활동이나 민군 작전, 현지인과의 교류도 훨씬 많았다고 하는데 지금 정세에서 그런 것은 상상할 수도 없었다.

나는 마산에서 학교를 다녔기 때문에 남해 바다를 매일매일 보면서 자랐다. 바다라면 꽤 익숙해서 지중해를 마주하는 것이 큰 감흥이 없을 줄 알았는데 눈앞에서 아른거리기만 하고 결코 가까이 갈 수 없는 지중해에 묘한 집착 같은 것이 피어올랐다. 이번 파병이 아니라면 레바논에 평생 올 일이 없을지도 모르는데 위험을 감수하고서라도 지중해 바다에 발을 담그고 싶었다. 대한민국의 합참도, UNIFIL 본부도 모두 허락해 주지 않을 일이었기에 기대는 하지 않았지만 나는 이미 바다에 마음을 빼앗긴 상태였다.

푸른 지중해의 미혹에 넋이 나갔을 무렵, 나는 해안 고속도로 고정감시초소에 도착했다. 이틀 전 작업을 멈춘 지점에서 다시 작업을 재개했는데, 우리는 통신선을 교량 아래에 붙여 가설하기로 결정했다. 나무나 전봇대에 매달려 작업하는 것도 모자라서 이제 헤엄까지 쳐야 하는 걸까 생각했지만 육지 부분에서 통신선을 교량 아래로 넘긴 다음 그것을 잡고 반대편 교량 위로 올라온 뒤, 끝으로 걸어가면 헤엄을 치지 않고도 교량 바닥에 통신선을 고정시킬 수 있었다.

그렇게 우리의 고정감시초소에서 출발한 선은 리타니 강을 무사히 넘을 수 있었다. 리타니 강은 남부 레바논의 시작점이다. 레바논 UN 평화유지군의 임무를 명시하고 있는 안보리 결의안 1701호는 리타니 강 이남의 무장과 분쟁 활동을 억제하는 것을 핵심으로 한다. 나는 그 강을 가로질러 LAF군 검문소와 우리 초소를 연결하고 있던 것이었다.

통신선을 끌고 LAF군의 담벼락을 넘자 검문소에 있던 레바논군은 작업의 마무리를 도와줬다. 지붕 위에 선을 고정하는 것을 대신 해주기도 했고 어느 루트로 가설을 진행하는 게 나을지 알려주기도 했다. 작업 도중에 레바논군과 이런저런 얘기를 나눌 수 있었는데 그들은 7일을 근무하고 이틀을 쉬는 일정을 반복한다고 했다. 근무하는 날에는 4시간을 근무하고 8시간을 쉬는 것을 끝없이 반복한다고 했는데 매일매일 생활 패턴이 바뀌는 탓에 피로가 누적되고 있다고 했다. 군인의 수면 부족은 만국 공통이라는 생각이 들었다. 내가 작업을 도와준 '무사'라는 친구에게 "이곳에서 안전한 날들을 보내기를 바란다"고 말하자, 그는 "Safe is sweet dream"이라고 답했다. 안전이라는 것은 달콤한 꿈에 불과하다는 말이 착잡하게만 들렸다. 어릴 때부터 끊임없이 크고 작은 분쟁을 겪었을 남부 레바논 사람들에게 안전이나 평화 같은 것은 상상하기도 어려운 것이었다.

지금의 분쟁은 헤즈볼라가 이스라엘을 선제적으로 도발해 발생한 것이므로 헤즈볼라를 비난하고 모든 원인을 헤즈볼라의 탓으로 돌리면 그만일 수도 있다. 그러나 헤즈볼라의 출발은 민병대다. 레바논 정부가 이스라엘에 맞서 국민을 적절히 보호할 역량이 부족했기 때문에, 혹은 PLO에게 단호히 대처하거나 그들을 추방하지 못했기 때문에 이 지역의 사람들은 항상 싸움에 휘말려야만 했다. 그리고 그 탓에 남부 레바논의 이슬람교도들이 자기 스스로를 보호해야만 하는 상황에 내몰린 측면도 있다. 헤즈볼라를 테러 단체로만 규정하기에는 복잡한 역사가 뒤엉켜 있다.

남부 레바논 사람들은 대부분 언덕 위에 마을을 짓고 모여 살고 있다. 폭우가 쏟아지는 우기에 저지대는 위험하기 때문에 자연스레 고지대에 마을을 건설했을 것이다. 민병대를 조직하고 무장하는 것도 고지대에 마을을 건설하는 것과 비슷하게 스스로를 보호하는 차원으로 시작한 일이다. 주어진 상황에서 사람은 언제나 스스로의 안녕을 위해 노력하는 것이다. 헤즈볼라만 그런 것이 아니다. IDF가 탱크를 이끌고 남부 레바논을 종횡무진 활동하며 땅굴을 파괴하고 로켓 자산을 파괴하는 것 역시 이스라엘의 안녕을 위한 활동이다. 헤즈볼라도, IDF도 스스로의 안녕과 안전을 위해 상대를 죽일 수밖에 없는 상황이다. 이 거대한 갈등과 폭력의 나선 속에서는 모두가 피해자이자 가해자일 수밖에 없다.

이 갈등은 영원히 해소되지 않을 것처럼 보인다. 갈등이라는 말 자체가 그런 의미를 내포하고 있다. 칡을 뜻하는 갈(葛), 등나무를 뜻하는 등(藤). 칡과 등나무가 한데 뒤엉켜 뻗어 나가 도저히 화합도 분리도 불가능한 상황을 은유적으로 일컫는 것이다. 이곳 중동의 역사야말로 갈등의 역사임이 틀림없다. 어떻게 해야 이 꼬임을 풀어낼 수 있을까?

나는 도저히 답을 찾을 수 없는 의문과 함께 부대로 복귀하는 차량에 올라탔다. 돌아가는 길 위에서 반년 동안 지겹게도 매일 같은 풍경을 바라보고 같은 사람들 속에서 생활했다는 것을 체감했다. 세상은 이렇게나 넓은데 우리는 좁은 우리에 갇혀 점점 표독해지며 서로에게 거칠어지고 있었다.

사르트르는 〈닫힌 방〉이라는 단편에서 지옥을 묘사하기로, 출구 없는 방에 서로 다른 세 사람이 갇힌 상황을 들었다. 인간은 항상 타인과 교류해야 하고 무슨 생각을 하고 있는지 모를, 내 뜻대로 되지 않을

타인의 시선에 신경을 써야 하는 어려움이 있다는 것이다. 사르트르는 이 책에서 "타인은 지옥이다"라고 말했는데, 하물며 우리 주둔지에는 출구 없는 공간에 300명이 함께 살고 있었다. 단 1분도 1초도 혼자만의 시간을 가질 수 없이 한정된 공간에 갇혀 있다는 사실은 내가 인식하지 못하는 사이 심적인 멍에가 되어 있었다. 나는 다시 하얀 지옥으로 귀가했다.

순교자의 장례식

헤즈볼라의 지도자 하산 나스랄라, 32년간 조직을 지휘하며 대(對)이스라엘 전선을 지휘했던 그의 장례식이 치러졌다. 그가 사망한 것이 벌써 5개월 전의 일이었으니 한국인의 입장에서는 이렇게 늦게 장례식을 치르는 것이 예의에 어긋나는 일로 느껴졌으나 그간 장례를 치르기에는 너무 위험하고 격렬한 시간을 보냈던 점을 생각하면 당연한 일이기도 했다. 장례식은 늦어진 만큼 더욱 성대하게, 압도적인 규모로 준비되었고 수많은 인파의 운집이 예고되었다.

레바논의 병원이나 경찰 당국은 많은 사람들이 밀집할 것에 대비해 태세를 가다듬었다. 병원은 어떤 사고가 발생하더라도 대응할 수 있도록 병상과 인력을 대기시키고 있다는 성명을 발표했는데, 처음에는 이렇게까지 만일의 사태를 대비할 필요가 있는지 의문이었지만 현지 언론이 보도하는 조문객 행렬을 보고 내일 일어날 일이 단순한 장례식 이상임을 알 수 있었다.

동쪽의 베카 고원에서 수도 베이루트를 연결한 도로는 조문객 행렬로 가득 들어차 거대한 주차장으로 변모해 버렸다. 휴전 당시 고향으로 돌아오던 피난민 행렬보다 더 많은 사람들이 이동하고 있었고 차량으로 이동할 수 없는 사람들은 이미 며칠 전부터 걸어서 베이루트로 향하고 있었다.

장례식은 수만 명을 수용할 수 있는 대형 경기장에서 진행됐다. 그 큰 공간도 모든 조문객을 수용할 수 없어 경기장 주변 일대가 사람으로 가득 차버렸다. 언론에 따르면 150만 명의 조문객이 하산 나스랄라의 장례식에 참석했다고 하는데 레바논의 전체 인구가 500만 명 남짓으로 추측되는 것을 고려하면 전체 인구의 30%가 장례식에 조문한 것이다.

이스라엘은 장례식에 참석한 사람들을 도발하기 위해 전투기를 보냈다. 전투기는 일부러 경기장 근처를 저공 비행하며 조문객들을 위협했는데 만약 내가 레바논 국민의 입장으로 그 현장에 있었다면 이스라엘에 대한 적대감이 더 고조되었을 것이다. 한편으로 이스라엘의 조치도 이성적이거나 실익이 있는 행동 같지는 않았는데 휴전은 했지만 양측 모두 전쟁 기간 동안 쌓였던 앙금이 남아 서로에게 감정적이었던 것 같다.

지난 전쟁으로 헤즈볼라의 고위급 인사들이 대부분 자폭 드론과 공습에 의한 암살을 당한 상태였다. 이전의 지도자가 꽤 카리스마적인 리더였던 만큼 새 지도부가 조직을 장악하고 전열을 가다듬기까지는 제법 오랜 시간이 걸릴 일이었다. 그런 상황이니 이스라엘은 가자 지구 평정에 집중하거나 헤즈볼라·하마스·후티 반군의 뒷배인 이란

과의 결전을 준비할 수도 있을 것이다. 게다가 이 시점에서 하마스와 이스라엘의 휴전도 만료됐다. 하마스는 항전 의지가 꺾였는지 더 길고 확실한 휴전을 원했으나 이스라엘의 입장은 달랐다. 휴전을 체결했던 것은 레바논 전선을 마무리하거나 무기 및 병력의 재보급을 위한 시간벌기용이었던 것 같다. 이번 기회에 세계 최대의 감옥, 가자지구를 지도에서 지우는 것이 이스라엘의 최종 목표인 것처럼 보인다. 이스라엘은 휴전협정이 만료되자 가자지구에서의 작전을 재개했다. 싸움을 멈추기 위해서는 온갖 협정과 약속이 필요한데 싸움을 재개하는 것에는 아무런 약속이나 합의가 필요하지 않다. 어쩌면 이 세상의 자연스러운 상태는 투쟁이고, 평화가 인위적이고 어색한 상태인 것은 아닐까?

중동만 이런 것이 아니다. 러시아와 우크라이나는 이미 전쟁 3년 차에 접어들었고 미국의 안보 전략이 역외균형 전략으로 변모함에 따라 유럽 국가들은 자체 무장을 위한 대책을 경주하고 있다. 중국은 끊임없이 대만 포위 훈련을 진행하며 양안 전쟁의 전운을 드리우고 있다. 인도와 파키스탄의 분쟁, 중국과 인도의 분쟁, 중국과 동남아시아 국가들의 분쟁도 어떤 계기로든 발화할 수 있는 씨앗이 있다.

미국의 분위기도 심상치 않다. 공화당에는 UN을 탈퇴해야 한다고 주장하는 의원들이 있고 트럼프는 우방에게 경제와 안보 모든 분야에서 청구서를 내밀고 있다. 이것이 한때의 긴장으로 마무리되면 좋겠지만 그렇지 않을 가능성이 높아 보인다. 다소 유물론적인 생각이지만 경제적 요인이 전쟁과 갈등을 부추길 수 있는 상황이기 때문이다.

중국은 강력한 디플레이션 압력을 마주하고 있다. 중국 정부는 부동산 부양 정책 이후에 제조업 굴기를 시도했는데 그것은 부채를 기반으로 제조업 기업을 지원하여 기술 개발과 생산량 증진을 도모하는 것이었다. 그것이 꽤 성과가 있어 우리나라가 지배적이었던 산업 분야에서 중국의 기술경쟁력이 우리를 추월하는 상황이다. 하지만 경제적인 성적표는 아직 만족스럽지는 않은 상태다. 중국이 자본을 쏟아부어 늘려놓은 제품 공급을 소화할 수요가 충분하지 않기 때문이다.

과거 우리나라의 국가 주도 경제 개발 사례처럼 생산품들을 수용할 해외 시장이 충분했다면 괄목할 만한 성과를 낼 수 있었겠지만 지금의 중국은 본인들의 생산량을 소화할 수 있는 수출 시장이 충분치 않아 보인다. 즉, 중국의 제조업 굴기는 시장에 상품의 공급을 쏟아부으며 전 세계를 상대로 출혈 경쟁을 하고 있는 것이다.

한편, 트럼프의 리쇼어링 정책은 해외의 생산기지를 국내로 옮김으로써 제조업 생산을 더욱 촉진하는 것이 목적이다. 그것이 얼마나 성공적일지는 모르겠지만 일련의 정책들이 생산을 촉진하는 것을 목표로 하고 있다.

문제는 세계적인 고령화 현상과 보호무역주의의 확산으로 인해 수요가 늘어나기 어려운 상태에서 공급량을 늘리게 되면 세계 경제는 디플레이션에 의한 침체 압력을 받을 수 있다는 점이다. 거기에 AI와 로봇 기술의 발전이 획기적으로 효율성을 증진시켜 같은 비용으로 더 많은 제품을 생산하기 시작하고 그 과정에서 부의 양극화가 심화되어 서민들의 가처분 소득이 감소한다면, 세계 경제는 구조적으로 지속적인 성장이 위협받을 수도 있다.

내가 우려하는 것은 디플레이션 압력을 벗어나기 위해, 혹은 경제

침체로 촉발된 지지율 하락이나 정치적 혼란을 무마하기 위해 중국이나 미국이 전쟁이라는 옵션을 용인하는 것이다. 전쟁은 디플레이션을 해소하는 가장 효과적인 수단이다. 왜냐하면 인간이 행할 수 있는 활동 중에서 가장 무가치하고 무의미한 일이 전쟁이기 때문이다. 공장에서 열심히 생산한 폭탄을 땅에 쏟아붓고 허공을 향해, 적을 향해 총알을 쏘아대는 행위는 유효 수요를 창출하면서도 시장의 과잉 공급을 근본적으로 제거한다.

경제적인 요인뿐만 아니라 정치적인 요인도 우려할 만하다. 지금 전 세계는 양극화로 인한 무산자의 분노가 더는 무시할 수 없는 수준에 도달했다. 미국은 상위 1%가 전체 부의 30%를, 상위 10%가 전체 부의 70%를 차지하고 있는데 이것은 세계화와 양적 완화 과정에서 그 혜택이 유산자와 유식자에게 집중되었기 때문이다. 트럼프의 관세라는 자해 행위의 이면에는 세계화 그 자체에 대한 무산자들의 분노가 자리하고 있는 것이다. 자유무역을 통해 국가는 부강해지고 월스트리트는 매일 샴페인을 터뜨렸지만 러스트 벨트의 제조업 종사자들은 일자리를 잃었고, 중국과 멕시코에 공장을 빼앗겼지 않은가. 그들에게 언제까지나 국가 전체의 이익을 위해 희생하라고 할 수도 없는 노릇이다.

유럽도 마찬가지다. 나는 2023년 여름에 네덜란드와 프랑스 출장을 다녀왔는데 당시 네덜란드는 총선에서 군소정당이었던 농민당이 제1당으로 급부상하는 정치적 격변을 마주한 상태였다. 그 배경에는 온실가스 감축을 위해 축산업과 농업에 대한 규제를 강화하려던 정부와 EU의 시도가 있었다. 소외 지역 서민과 농민들이 대도시의 중산층에 대립해 농민당으로 결집한 것이었다.

그로부터 몇 년 전, 프랑스는 정부의 유류세 인상이 계기가 되어 발생한 노란 조끼 시위로 홍역을 앓았다. 생계유지를 위해 필수적으로 트랙터나 트럭을 사용해야 하는 농촌 지역과 농민, 그리고 운수업자들은 정부의 조치에 분노했고 그간 쌓여왔던 저소득층과 농촌 주민의 설움은 폭발해 정권을 흔들었다. 결국 마크롱 대통령은 유류세 인상을 유예하고 국토 균형 정책을 황급히 강화할 수밖에 없었다.

정치적으로, 그리고 경제적으로 궁지에 몰린 시민들은 극단적인 사상에 동조하기 쉽다. 그들의 분노는 관세나 전쟁과 같은 파괴적인 배출구로 흘러들어 가겠지만, 그것이 삶을 나아지게 하지는 않는다. 오히려 경제와 정치에 치명적인 일격을 가해 불씨가 다 꺼질 때까지 분열의 횃불이 타오를 수 있다. 세계화나 양적 완화로부터 발생한 이익을 적극적으로 공유하지 않은 우리 사회의 잘못일 수도 있고 어쩔 수 없는 시대의 흐름일 수도 있다. 나는 이 시대의 결론이 심히 우려스러우면서도 궁금하다. 19세기에는 합리와 이성을 앞세운 계몽주의와 미래에 대한 낙관이 지배적이었지만 역사는 개판으로 흘러갔고 그 결과는 1차 세계대전이었다. 오늘날 우리는 AI 기술 혁신과 특이점을 바탕으로 항구적인 번영을 기대하고 있지만 이 역사의 매듭이 어떻게 지어질지는 모르는 일이다.

그러나 확실한 것은 있다. 서방의 약속을 믿고 1994년 핵을 포기했던 우크라이나는 지금 러시아의 침공을 맞아 국가가 절체절명의 위기에 처했고 모두를 속여가면서 어떻게든 핵을 개발한 이스라엘은 주변 아랍 국가들의 위협 속에서도 자주권을 지켜내고 있다. 핵을 보유

해야만 안보를 담보할 수 있다는 얘기가 아니다. 스스로를 지킬 수 있는 것은 기본적으로 자신이고, 다른 이들의 지원과 원조는 보조적인 것이다.

스스로의 안녕을 지켜내기 위한 의지와 역량이 뒷받침되지 않으면 자주적인 평화 유지는 이상에 불과하다. 전 세계 국가들이 협력해 평화를 지키고자 노력하던 시대는 끝난 것처럼 보인다. 이제는 모든 국가가 각자도생하는 시대에 접어들고 있다. 범국가적인 협력이 가능하다고 믿었던 자유주의 외교가 종언을 맞은 가운데 무정부 상태의 국제체제 속에서 국가들이 스스로 살아남아야 한다는 현실주의 외교가 요란한 기지개를 켜고 있다. 현실주의 외교는 자기실현적인 특징이 있다. 현실주의 외교의 관점을 견지하는 국가가 많을수록 주변 국가들도 현실주의적인 접근을 하게 된다는 것이다. 냉혹한 현실 속에서 과연 우리는 충분한 준비가 되어 있는가? '안미경중(안보는 미국 경제는 중국)'이라는 딜레마를 어떻게 풀어나가는 것이 국익에 가장 유리할 것인지 청사진은 그려두었는가? 마냥 중립으로 남기 어려운 신냉전 시대에 우리는 어떤 항로로 항해할 것인지 결정을 내려야 한다. 자유롭고 평화로운 시대는, 이미 끝났을지도 모른다.

라마단

라마단이 시작됐다. 라마단은 아랍어로 '무더운 달'이라는 뜻으로, 무함마드가 쿠란을 계시받은 달을 기념하기 위해 무슬림들은 일 년에 한 달간 태양이 떠 있는 동안 금식을 하고, 이 기간 동안 술, 담배, 성적인 활동이 금지된다. 이슬람의 달력은 윤달이 없는 음력이어서 1년의 길이가 354.35일이다. 그래서 매년 라마단 기간은 11일씩 앞당겨지고 2025년의 라마단은 양력 3월 1일에 시작됐다. 메카 기준으로는 2월 28일에 시작되었다고 하는데 레바논은 메카와 시차가 있어 3월 1일에 라마단이 시작되었다.

부대에 출입하는 현지인들은 대부분 이슬람교도였기 때문에 우리는 이들을 통해 라마단을 경험할 수 있었다. 현지인들은 낮 시간 동안 금식을 하고 저녁에는 밀린 식사와 기도를 해야 하기 때문에 평소보다 일찍 퇴근했다. 그래서 핫산이나 슐레이만에게 물건을 구매하려면 가급적 이른 시간에 볼일을 봐야 했고, 저녁 메뉴가 마음에 들지 않아도 핫산을 통해 음식을 배달하기 어려웠다.

그리고 라마단이 시작하는 날에는 현지인들에게 특별한 인사를 했는데 "라마단 카림(관대한 라마단)" 혹은 "라마단 와 무바라크(복된 라마단)"라는 인사말을 사용했다. 크리스마스에 "메리 크리스마스"라고 인사하거나 설날에 "새해 복 많이 받으세요"라고 인사하는 것처럼 라마단 기간에도 알맞은 인사말이 있었던 것이다.

라마단 기간이 이제 막 시작되었기 때문에 현지인들은 아직 괜찮아 보였다. 그러나 시간이 지날수록 예민해질 수도 있어 이 기간 동안은 현지인 앞에서 식사를 하거나 음료를 마시는 행위, 혹은 흡연을 하는 행위는 피해야 했다. 낮에는 단식을 해야 하니 급하거나 중요한 일이 아니라면 가급적 라마단 기간을 피해 일을 처리하는 편이 좋겠지만 우리 부대는 더 이상 생활관 개선 공사를 미룰 수 없어 라마단 기간에도 공사를 진행했다. 공사를 진행하면 부대원들은 열악한 임시 숙소에 모여 살아야 하기 때문에 다들 다음 진에게 떠넘기기만 했는데 이번 단장님은 공사를 더 미루지 않고 확실히 매듭을 짓고 싶어 하셨다. 아무래도 31진에게 깔끔한 생활 환경을 물려주고 싶으셨던 것 같다.

특전사 생활관의 공사를 우선적으로 진행했기 때문에 그곳의 공사가 끝나야 우리 생활관의 공사를 시작할 수 있었다. 일정상 우리는 3월 중순부터 공사에 들어갔다.

공사를 진행하기 위해서는 방에 있던 짐, 침대, 관물대를 다 빼야 해서 아침부터 열심히 짐을 옮겼다. 여태까지 2인 1실 생활관을 사용하다가 공사 기간 동안은 10인 1실 생활관을 사용해야 했기에 공사 준비가 내키지 않았는데, 특히 짐을 옮기던 날은 내 생일이었다. 나는 생일에 큰 의미를 두는 사람은 아니지만 하필 생일에 온종일 가구를 옮기고 방에서 쫓겨난 것은 썩 기분 좋은 일이 아니었다.

그리고 이사를 하는 과정에서도 답답한 일이 꽤 많았다. 아직 특전사 생활관의 공사가 끝나지 않은 상태였지만 일정상 오늘은 이사를 하기로 했으니 우선 짐을 다 빼기로 했다. 나무 책상, 매트리스와 침대 프레임, 나무 옷장을 야외로 꺼내 주차장 한켠에 모아두었다.

문제는 아직 우기가 끝나지 않아 간헐적으로 거센 비가 쏟아졌다는 것이다. 원래라면 비가 쏟아지기 전에 미리 방수포를 덮어서 가구가 상하는 것을 방지해야 했는데, 방수포를 덮기도 전에, 가구를 옮기는 상황에서 비가 쏟아졌고 작업은 중단없이 이어졌다. 결국 "얘들아, 비 그쳤으니까 방수포 덮으러 가자"라는 웃지 못할 지시를 듣고 말았다. 우리는 이미 눅눅해진 나무 가구들이 젖지 않도록 방수포를 고이 덮어두었다.

문제는 여기서 끝나지 않았다. 짐은 이미 다 빼두었고 생활관은 텅텅 비워두었는데 특전사들이 임시 숙소를 비워주지 않아 우리는 새 방으로 이동할 수 없었다. 그야 특전사 생활관의 공사가 끝나지 않았으니 그들도 비워줄 수 없었던 것이다. 그래서 텅텅 빈 생활관에서 하룻밤을 더 자야 했다. 분실을 방지하기 위해 히터 리모컨도 다 반납한 상태였기 때문에 창문 너머로 새어오는 외풍은 더 시리게 느껴졌다.

어떻게 보면 최악의 생일을 보냈지만 몰랐던 사실을 하나 알게 되었으니 괜찮았다. 바로 우리 생활관의 히터는 LG 제품이었으나 리모컨은 삼성 제품이었다는 것이다. 그런데 이 히터는 LG 리모컨에는 반응하지 않았고 삼성 리모컨으로만 작동할 수 있었다. 아무래도 히터의 껍데기만 LG 제품을 사용하고 내부 기판은 삼성 제품을 사용하는 모양이다. 7개월 동안 전혀 몰랐던 사실이다. 겉은 멀쩡해 보여도 속은 뒤죽박죽인 우리 전우들 같아 우스웠다.

다음 날에는 드디어 진짜 이사를 할 수 있었다. 임시 숙소는 원래 태권도장으로 사용하던 공간이었는데 그곳에 한 사람당 침대 하나와 옷장 하나씩을 넣고 살림을 차렸다. 내 침대는 방의 가장 안쪽 구석진 벽면에 두었는데 옆에는 평범한 벽이 아니라 거울로 된 벽이 있었다. 그래서 잠을 자다가 오른쪽으로 돌아누우면 어둠 속에서 거울에 비친 내 얼굴이 보여 깜짝깜짝 놀라곤 했다. 몰랐던 사이에 주름은 깊어지고 피부도 꽤 푸석해졌다는 사실을 체감할 수 있었다. 군대에서는 시간이 멈춘 것처럼 느껴졌는데 거울 덕분에 나이도 먹고 있고 시간도 흐르고 있다는 것을 느낄 수 있었다.

10명이 함께 사는 것은 생각보다 재미있었다. 나란히 누워 누군가는 책을 읽고, 누군가는 음악을 듣고, 누군가는 게임을 하고 있었지만 중간중간 재미있는 얘깃거리가 생각나면 수시로 떠들 수 있었다. 한 공간에 뭉쳐 사니 확실히 교류가 더 많아졌다. 그리고 기존에 우리가 사용하던 생활관의 샤워시설은 따뜻한 물이 잘 나오지 않았는데 임시 숙소 근처에 있는 간부 샤워실은 따뜻한 물이 서운할 정도로 잘 나와서 훨씬 개운한 삶을 살 수 있었다. 다만 항상 2명에서 4명 정도의 인원들은 근무취침을 하고 있었기 때문에 낮 시간에는 어둡고 조용한 상태를 유지해야 했다. 몇몇 인원들은 옆에서 사람이 자고 있어도 드라이기로 머리를 말리거나 큰 소리로 떠들어 눈총을 받기도 했다. 그리고 10명 중에 00시에 근무 투입인 인원이 항상 한 명은 있어 22시에 잠에 들더라도 매번 00시에는 알람 소리에 깨기 마련이었다. 그러다 보니 00시 이후에 잠에 들게끔 생활 패턴이 굳어졌고 수면 시간은 더 짧아졌다. 사소한 불편함이 하나 더 있었는데 태권도장 옆은 체력단련실이라는 것이다. 그래서 침대에 누워 마음 편히 쉬고 싶어도 운동하는 소리가 계속 들려 신경이 거슬렸다. 특히 특전사 형님들이 200kg 정도의 무게로 데드리프트를 하는 소리는 백미였다. 그 육중한 쇳덩어리를 바닥에 떨어뜨려 건물 전체가 울렸고 고통스러운 신음 소리가 귀에 아른거렸다. 우리는 "음! 읍! 아! 억!" 하는 신음 소리를 매번 듣게 되었다.

그런 불편함을 생각하면 일정보다 일찍 공사가 끝나 임시 숙소를 빠져나가는 것도 괜찮겠지만 만약 일정대로 공사가 끝나면 한국으로 귀국하는 날에 공사가 끝날 예정이어서 우리가 침대나 옷장을 옮길 필요가 없기 때문에 더 편하겠다는 생각도 들었다. 결론적으로 공사의 종료 시점 같은 것은 아무래도 좋았다.

잿빛 하늘

지치지도 않고 비구름을 일으켰던 우기는 끝을 보이고 있었고 우리는 봄의 문턱에 서 있었다. 한국의 봄은 중국에서 유입된 미세먼지나 황사로 인해 항상 뿌옇고 답답한 느낌이었는데 그것은 레바논도 별반 다르지 않았다. 이집트로부터 유입된 모래바람이 온 지중해 연안을 뒤덮은 것이었다. 황사는 염기성이어서 토양의 산성화를 막아준다는 점에서는 농업에 유리한 측면도 있지만, 사람의 호흡 측면에서는 아주 불편했다. 푸르렀던 지중해 상공이 누런 흙먼지에 뒤덮여 평소와 다른 풍광을 보여줄 무렵 반갑지 않은 불청객이 하나 더 찾아왔다. 부대 인근 주민들에 의한 쓰레기 소각 연기였다.

전쟁 이후로 남부 레바논의 관공서는 일상적인 쓰레기 수거와 처리도 못 할 정도로 기반시설이 파괴되어 있었다. 쓰레기를 수거할 수 있는 차량도, 주민들이 쓰레기를 내놓을 쓰레기통도 마땅치 않은 상황이었지만 그렇다고 쓰레기가 발생하지 않는 것은 아니어서 처리에 어려움을 겪고 있었던 것이다. 결국 부대 주변의 농가에서는 매일 막대한 양의 쓰레기를 소각하기 시작했는데 그 연기는 고스란히 부대로 흘러들어 왔다. 동쪽에서 바람이 불어오면 동쪽의 소각 연기가 흘러

들어 왔고, 서쪽에서 바람이 불어오면 서쪽의 연기가 유입되었다.

도저히 야외 활동을 할 수 없을 정도로 눈·코가 따갑고 매캐했다. 빨랫줄에 널어놓은 빨래들은 건조를 하고 있는 것인지 훈제를 하고 있는 것인지 분간되지 않을 정도였다. 소각 연기가 너무 심할 때는 부대 인근에서 진행되는 도보 정찰을 취소해야 했는데, 특전사들도 두 손 두 발 들게 하는 두터운 소각 연기는 며칠이고 계속되었다.

항상 느긋했던 참모들도 이 상황이 계속 유지되면 안 된다는 생각이 들었는지 해결책을 강구하기 시작했다. 남부 레바논에서는 공권력보다 지역 정당의 지배력이 훨씬 강했기 때문일까? 단장님을 비롯한 참모들은 시청 직원들이 아닌 아말당의 고위 간부와 소각 연기를 논의하기 위한 회동을 가졌다. 남부 레바논은 시아파 정당인 아말과 헤즈볼라의 세력권이었는데 아말을 지지하는 마을도 있고 헤즈볼라를 지지하는 마을도 있었다. 우리 부대 인근 마을들은 아말의 세력권이었다. 참모들과 아말당 사이에 어떤 대화가 오갔는지는 모르겠지만 아말당은 이른 시일 내에 부대 인근의 소각 문제를 해결해 주겠다고 했고, 실제로 사흘 정도 뒤부터 소각 활동이 현저히 줄어들었다.

정통성과 합법적 권한을 가진 국가기구는 무기력한 반면, 종교적 성향으로 결집한 정치정당은 실질적으로 정부의 빈자리를 대체하는 것처럼 보여 신기했다. 1943년 레바논의 독립 이후 80년 동안 시리아나 이스라엘과 같은 외세의 주권 침해에 취약했던 것은 국력 자체의 빈약함도 있었겠지만 레바논 국민들이 단일 대오로 뭉치지 못하고 모자이크와 같이 흩어져 있었던 탓도 있을 것이다. 이런 상황이 계속되는 것에 레바논 국민들도 피로감을 느낄 터인데 이들 공동체가 앞으로 마주할 역사적 경로가 궁금할 따름이다. 당대의 환경은 공동체 구성원들의 사상에도 막대한 영향을 끼친다.

대영제국이 세계적인 제국이었던 시절, 학자들은 국가의 강력한 권한으로부터 개인의 주권이 존중받지 못하는 상황을 안타까워했기 때문에 오랜 시간에 걸쳐 국민의 자유와 권리를 보호하기 위한 제도와 사상이 발전했던 반면, 30년 전쟁 이후 정치적 분열과 외세의 간섭 속에서 고통받았던 독일의 사상계에는 강력한 중앙정부에 대한 열망이 자리를 잡았다. 결국 헤겔을 비롯한 다양한 학자들의 주장과 국민적 염원 속에서 독일은 권위주의적인 국가를 건국했고, 시민적 자유보다는 질서와 안정을 중시하게 되었다. 언젠가 레바논의 국민들도 거의 한 세기 동안 지속된 외세의 개입과 분열에 지쳐 강력한 중앙정부에 대한 염원을 바탕으로 단일대오를 형성할지도 모를 일이다.

7에서 6으로

다시 서머타임이 시작되었다. 서머타임을 시행하지 않을 때는 한국과 레바논의 시차가 7시간이었는데 서머타임이 시행되면 시차가 6시간으로 줄어드는 것이다. 지난번에 서머타임이 해제될 때는 23시 59분에서 1분이 지나자 23시 00분이 되어 반대로 근무를 1시간 더 서야 했는데, 이번에는 근무를 1시간 덜 설 수 있는 기회였다. 나는 내심 기대하며 근무 일정을 확인했지만 내게 그런 행운은 찾아오지 않았다.

서머타임 시행 후 첫 기상은 꽤 피곤하게 느껴졌다. 자동으로 서머타임을 보정해 주는 휴대폰의 시계는 기상 시간인 06시 30분을 가리키고 있었지만 사실 이 시간은 어제의 05시 30분인 것이었다. 아침점호를 하러 나가는 길이 묘하게 더 어둡고 쌀쌀했다. 그리고 저녁식사를 할 때도 바깥이 더 밝게 느껴졌다. 우리는 1시간씩 더 일찍 일어나고 더 일찍 자게 된 것이다.

어제까지의 날들과 오늘부터의 날들은 1시간의 시차를 갖게 되었지만 그것은 아무래도 상관없었다. 나는 이미 일상과 당직근무를 윤작하는 생활을 하고 있었기 때문에 매일매일 시차가 있었기도 하고, 한 달 뒤에는 그리웠던 고국으로 돌아갈 수 있기 때문에 새로운 타임라인에 적응할 의지가 소진된 상태였다.

이 무렵의 나는 질 들뢰즈가 주장한 개념인 '소진된 인간' 상태였다. 들뢰즈는 고정된 역할군으로만 압축된 인간은 피로감을 느끼게된다고 했는데 피로는 회복될 수 있지만, 그것이 누적되어 '소진'되어버리면 인간은 고정된 역할을 다시 반복할 가능성 자체를 소진해 버린다고 한다.

아무런 의욕도 느끼지 못하던 나는 이번 주말도 당직근무와 근무취침으로 흘려보낼 운명이었다. 그렇게 주말 당직근무에 투입되어 아무런 의욕도 없이 자리에 앉아 있었는데 평소의 주말 지휘통제실과 달리 많은 사람이 들락거렸다. 남부 레바논에 모래 폭풍이 기승이었기 때문이다. 나는 현지 뉴스의 텔레그램 채널을 통해 각종 피해 소식을 확인할 수 있었는데, 옆 마을에서는 건설현장에 놓아두었던 컨테이너 벽면이 바람에 날아가 전신주에 부딪힌 까닭으로 정전이 되었다고 하니 웬만한 태풍보다 더 강력한 것 같았다.

이윽고 우리 부대에서도 바람으로 인한 피해가 발생하기 시작했다. 부대 바깥쪽에 위치한 생활관은 창문이 파손되거나 아예 분리되는 경우도 있었고 식당의 유리 출입문은 갑자기 불어닥친 바람에 뒤로 확 젖혀지더니 산산조각이 났다. 부대 안에서 사람이 다치지 않은 것만으로도 다행일 강력한 모래바람이었다. 오늘이 라마단 종료일이었던 까닭에 부대원 대부분은 각자 방에서 쉬고 있었고 그 덕분에 인명 피해가 발생하지 않았다.

하지만 우리가 조심해야 할 것은 모래 폭풍뿐만이 아니었다. 이스라엘의 가자지구 작전 재개와 라마단 기간이 겹치면서 현지인들이 극도로 예민해져 있었고 UN군에 대한 현지인들의 비우호적 행위 발생도 증가하고 있었다. 우리 부대 특전사들도 차량을 이용한 정찰 간에 현지인들이 기동을 방해하거나 물을 뿌리는 일이 있었고 심지어는 하늘을 향해 총을 발사하며 위협하는 경우도 있었다. 하늘을 향해 총을 발사한 사람은 곧 현지 경찰에 체포되었는데 이스라엘의 폭격에 휘말려 온몸에 화상을 입으며 감정이 격해진 사람이라고 했다. UN이 분쟁을 잘 중재하지 못한 것에 큰 불만이 있는 듯했다.

우리 부대는 일주일에 한 번 정도는 손가락 욕설과 같은 경미한 비우호적 행위가 발생했는데 그나마 우리가 동양인들이어서 피해가 적은 편이라고 한다. 레바논의 시아파 이슬람교도들은 서방국가에서 파견된 UN군에 대해서는 반감이 더 강했는데 프랑스 부대의 정찰 차량은 시민들에 둘러싸여 집단 린치를 당했다고 한다. 반서구 감정에 과거 식민 지배를 당했던 역사까지 엮여 프랑스는 특히 비우호적 행위를 자주, 그리고 더 강한 강도로 당했다.

집단 린치를 당했던 프랑스 인원들은 결국 Tear gas를 뿌리고 탈출했다고 한다. 아무래도 이런 상황에 대비해 평소 최루가스를 소지하고 다니는 것 같다.

상황이 이렇다 보니 새로 당선된 조제프 아운 대통령은 남부의 혼란을 종식하고 이스라엘과의 분쟁을 종결하기 위해 남부 레바논에 계엄령을 선포했다. 남부 레바논에서 총기나 무기를 휴대하는 것을 금지하고 이를 어긴 사람들을 체포하기 시작했는데 우리 부대에서도 비우호적 행위를 당하면 현지 경찰에 정보를 적극적으로 제공했고 감시 장비 운용 중에 부대 인근의 무장사냥꾼을 식별하는 경우에도 정보를 공유했다. 이 같은 노력이 얼마나 성과를 거둘지는 더 지켜봐야 할 일이었다.

나는 외부로 출영할 일이 거의 없었기 때문에 이러한 위협으로부터는 안전했다. 그러나 이 무렵, 나는 부대 내에 새로 건설된 초소에 전화기를 설치하기 위해 통신선을 가설하다가 사다리에서 떨어지는 일이 있었다. 초소는 콘크리트 구조물로 높게 지어졌는데 짧고 부실한 사다리로 무리하게 작업하다가 사다리와 함께 뒤로 나자빠진 것이었다. 방탄복과 방탄모를 착용하고 있었기 때문에 크게 다치지는 않았지만 만약 다리가 부러지거나 척추에 손상이 생겼다면 나는 작전 지속 불가 판정을 받아 바로 한국으로 보내졌을 것이고 임무 수행을 하지 못한 기간만큼 파병 수당에 있어 금전적인 손해와 부상 및 후유증으로 인한 신체적 불편을 오롯이 감수해야 했을 것이다.

파병을 오기 전에 나는 공병부대에 소속되어 있었던 만큼 허리를 다친 선임들을 많이 접할 수 있었다. 우리 중대의 상징이었던 장간조립교 조립은 300kg의 철골 구조물을 끝없이 쌓고 3층으로 조립해 탱크가 이동할 수 있는 교량을 만드는 일이다. 6인 1조로 온종일 철골을 옮기는 일 자체도 고된 일이지만 어쩌다가 5명이 힘이 빠져 300kg의 하중이 한 사람에게 쏠리는 일이 일어나면 디스크가 터지는 것은 당연한 수순이었다.

그러나 그렇게 해서 허리 병신이 되고 나면 평생 재활은 자비로 부담해야 하고 병원을 들락날락하는 동안 일을 제대로 할 수 없으니 선임들이나 동료들은 '폐급'이라고 눈치를 주는가 하면 꾀병을 부린다고 뒷말이 나오기도 한다.

사회에서도 마찬가지이지만 특히 군대에서는 본인의 건강은 본인이 책임져야 했다. 잔인한 이야기이지만 아플 때 억울하고 서럽고 손해인 것은 본인 스스로인 것이다.

한편 레바논은 축제 분위기에 돌입하고 있었다. 한 달의 라마단 금식 기간이 끝나고 이를 기념하는 '이드 알피트르' 축제 기간이 시작된 것이다. 현지인들은 3일 동안 자선 활동을 하거나 축제 음식을 나눠 먹으며 친목을 도모한다고 하는데 이슬람교도의 비중이 높은 말레이시아 부대는 인근 부대 사람들을 본인들의 축제에 초대했다.

우리 부대에서는 단장님과 몇몇 수행 및 경호 인력들이 늦은 밤 말레이시아 부대로 향했다. 나는 00시에 퇴근하며 단장님 차량이 늦게 복귀한다는 사실을 인수인계했는데 다음 날 듣기로는 말레이시아에서 K-POP의 인기가 상당했기 때문인지 우리 부대 사람들이 큰 환대를 받았다고 한다. 말레이시아 부대의 여군들은 K-드라마 덕분에 남성 손윗사람을 '오빠'라고 부른다는 사실은 알았지만, 나이 차이가 크게 나는 경우에는 그것이 적절한 호칭이 아님은 몰랐던 것 같다. 그 때문에 우리 단장님이 지나가실 때 열렬히 "오빠!"를 외쳤다고 한다. 갑작스런 오빠 부대의 등장에 당황한 우리 대령님은 황급히 자리를 피해 부대로 돌아오셨다고 하는데 그 광경을 직접 봤으면 더 추억거리가 됐을 것 같은 아쉬움이 남았다. 하루만이라도 레바논 사람들은 잠시 전쟁과 분쟁을 잊고 축제를 즐겼을 것이다.

마이크 체크, 알루 알루

남은 파병 기간은 한 달도 채 되지 않았다. 2025년에 들어서는 폭격 빈도가 줄어들면서 어느 정도 민군 작전을 진행할 수 있었고, 나름의 성과도 거두었다. 우리 부대는 그런 성과를 기념하기 위한 행사들을 준비하기 시작했다.

행사의 내용은 대부분 단장님과 지역의 고위급 인사가 상호 간 협력을 증진하자거나 우정에 감사한다는 내용의 연설을 하고 기념사진을 촬영하는 것이었다. 그러기 위해서는 행사 장소마다 앰프와 음향 장비를 설치할 필요가 있었는데 그 때문에 나도 행사에 동원되었다.

가장 처음 동원된 행사는 부르글리아 공립학교의 공여식이었다. 최근에 우리 부대는 전쟁으로 파손된 학교의 시설들을 보수해 주고 부대원들이 직접 학교로 찾아가 페인트칠을 해주었는데 그것을 기념하는 행사였다.

나는 아침 일찍 2.5톤 트럭에 앰프와 각종 음향장비를 적재하고 방탄복과 방탄모를 착용한 채 행사 장소로 출발했다. 내심 학교가 지중해 근처에 있다면 바다를 가까이서 볼 수 있기를 바라며 위병소를 빠져나왔다.

기부물품과 행사장비를 실은 우리 트럭은 달동네의 굽어진 좁은 길을 따라 엉금엉금 이동했다. 눈에 띄었던 것은 사람 키보다 훨씬 높은 담장이나 철조망이 동네 인근 농장에 둘러쳐져 있었던 것이다.

우리나라의 경우, 섬이나 해안가 지역에서 바닷바람을 막기 위해 농경지에 낮은 돌담을 쌓는 경우는 있지만 이처럼 높고 튼튼한 벽을 설치하는 일은 거의 없다. 담을 쌓는 데에도 노력이 필요할뿐더러 담 때문에 농기계가 진입하기 어려워지니 구태여 높은 담을 두를 필요가 없는 것이다. 아무래도 이 지역에서는 절도를 방지하기 위해 철조망이나 담장을 둘러놓은 듯했다. 한두 곳의 밭만 그런 것이라면 편집증적인 땅 주인이 있는 것으로 생각했겠지만 동네 인근의 모든 밭이 그런 상태라는 것은 농작물의 서리나 절도가 용인할 수 없는 수준으로 빈번하다는 뜻이다. 사회적 자본, 그러니까 신뢰라는 것이 가지는 경제적 효과를 다시금 느낄 수 있었다.

사회적 자본이라는 것은 학자마다 정의하는 바가 다양하지만 일반적으로 공동체 구성원들 간의 신뢰나 협력하려는 성향을 통해 긍정적인 외부효과를 창출하는 무형의 자원을 뜻한다. 반대로 사회적 자본이 빈약하고 상호 간의 신뢰나 협력이 부족하다면 거래비용이 증가하고 경제 주체들 간의 상호작용이 줄어들어 경제적 효율성과 성장 잠재력까지 줄어들 수 있다.

예를 들어, 브라질의 경우에는 불안한 치안으로 인해 사람들이 주행 중인 화물차에 올라타 화물을 절도하는 경우가 많아 트럭의 앞 서스펜션은 낮추고 뒤 서스펜션은 극단적으로 높여 마치 고양이 자세처럼 주행하는 경우가 많다고 한다. 그렇게 함으로써 트럭에 올라타기 어렵게 하는 것이다. 물론 이것은 안전에도 불리하고 운반할 수 있는 화물의 양도 줄지만 운반하던 물품을 도난당하는 것보다 낫기 때문에 이 같은 선택을 한다고 한다. 얼마나 비효율적인 일인가!

내 개인적인 경험 중에도 사회적 신뢰의 필요성을 느낀 것이 있다. 나는 2019년에 행정고시에 합격한 이후 2021년부터 2024년까지 세종시에 거주했는데, 이때 전세로 오피스텔을 얻어 생활했다. 하지만 슬슬 군 입대를 준비하던 2023년에 내가 전세 사기를 당했다는 사실을 알게 되었다. 사건은 이랬다. 나는 '깡통전세'로 오피스텔에 입주했는데 이것은 전세가가 매매가보다 높은 빌라나 오피스텔을 대상으로 세입자는 예비 집주인에게 전세 대금을 치르고, 예비 집주인은 그 자금으로 주택을 매입하는 방식이다. 내 집주인은 이 방식으로 본인 자금은 한 푼도 들이지 않고 세종과 대전 지역의 오피스텔 수백 채를 매입해 시세 상승에 따른 차익을 노렸다.

그런데 2~3년이 지난 시점에서 오피스텔 가격은 횡보하거나 하락하는 데 반해 정부가 다주택 임대사업자에 대한 세제 혜택을 축소해 투기꾼들의 세금 부담이 확대되어 버린 것이다. 그런 상황에서 수도권의 '빌라왕', '건축왕'과 같은 전세 사기 뉴스가 연일 보도되니 전세 입주를 희망하는 다음 세입자가 없어져 돌려막기도 불가능한 상황에 봉착했다. 내가 전세금을 돌려받길 원하는 시점에서 임대인은 막심한 금전적 손해를 입고 파산했는데 전세 사기 혐의로 경찰 조사까지 받고 있었다.

마냥 손 놓고 있다가는 군에 입대하는 순간까지 돈을 돌려받지 못하겠다는 생각에 임대인에게 전세금 돌려달라는 말은 하지 않을 테니 내가 살고 있는 오피스텔의 소유권을 내게 이전해 달라고 요구했다. 그래서 내가 지급받아야 했던 전세금만큼을 매매가격으로 삼아 소유권을 이전받았다. 그 과정에서 법무사 비용이나 취득세를 부담해야 했지만 지금 그게 중요한 상황은 아니었다.

이후로 반년 동안 매매를 위해 노력했지만 집을 보러오는 사람이 거의 없었다. 입대 직전이 되어서야 최초 전세금보다 몇천만 원 낮은 수준에서 오피스텔을 처분할 수 있었다. 남은 생애 동안 오피스텔 매매나 전세 방향으로는 오줌도 싸지 않을 것 같은 피 말리는 경험이었고 3~4년간 매일같이 야근하고 주말에도 출근하며 사치하지 않고 차곡차곡 모았던 돈은 공중분해가 되었다.

돈이라는 것은 있다가도 없는 것이고 없다가도 있는 것이기에 그다지 집착하지 않으려 노력하지만 상당히 쓰라린 경험이었다.

내 개인에게도 쓰라린 경험이었지만 국가적으로도 막심한 비용이 발생했다. 주택도시보증공사(HUG)는 2022년부터 3년 동안 누적 6조 7,883억 원의 순손실을 기록했는데, 이 가운데 전세 보증 가입 세입자에게 집주인 대신 내준 전세금만 4조 원에 육박한다고 한다. 고전 경제학은 이기심이 세상을 풍요롭게 할 것이라고 예견했고 그것이 가지는 순기능을 부인할 수는 없지만 이렇게까지 이기적이고 신뢰를 훼손해서는 오히려 공동체와 경제와 정의를 퇴보시키고 마는 것이다.

떠올리고 싶지 않은 기억을 뒤로하고 도착한 부르글리아 공립학교에는 태극기가 붙어 있는 준공패가 사방에 가득했다. 축구장이나 컴퓨터 교실을 지어준 것을 기념하는 준공패 옆에 이번 전쟁 피해 복구 준공패가 새로 추가되었다. 그래서인지는 모르겠지만 현지 아이들은 우리 부대원들을 아주 열렬히 환영해 주었다.

무거운 앰프 장비를 옮길 때는 본인들이 나서서 옮기는 것을 도와주려고 했고 선생님들의 통제를 피해 행사 준비 현장을 기웃거렸다. 밝고 장난기 가득한 학생들은 생김새는 조금 달랐지만 한국의 학생들과 크게 다르지 않은, 평범한 어린아이들이었다. 부르글리아가 평균 소득도 높고 이슬람 색채도 강하지 않은 지역이라 그런 것인지는 모르겠지만 처음 만난 학생들에게서 어떠한 거리감도 느껴지지 않았다.

곧이어 시작된 행사에서 부르글리아 시장과 학교 교장은 동명부대의 도움에 감사를 표했고 단장님은 앞으로도 양국의 우정과 협력이 계속되기를 바란다고 하셨다. 일련의 연설 후에 단체 사진 촬영을 끝으로 행사는 마무리되었다. 학교 측에서는 행사 후에 대접하기 위해 각종 과자와 음료를 준비해 주었는데 나는 아쉽게도 그것을 즐길 시간이 없었다. 오후 행사 준비를 위해 미리 다음 학교로 이동해 행사를 준비해야 했기 때문이다.

행사 준비 인력들은 급하게 점심을 해결하고 다음 행사 장소인 무함마드 사드 학교로 이동했다. 무함마드 사드 학교는 오전의 부르글리아 공립학교와는 달리 이슬람 색채가 아주 짙은 학교였다. 그래서인지 학교에서 만난 학생들도 우리에게 "너 옐로(헤즈볼라)냐 그린(아말)이냐?"라는 말을 농담 삼아 했다.

행사는 학교 강당에서 진행할 예정이었는데 그곳에 음향장비가 설치되어 있어 우리 앰프를 가져올 필요는 없었다. 현장에 있는 열악한 음향장비를 활용해 단장님이 도착하시기 전까지 행사 준비를 마치기 위해서는 분주하게 음향테스트를 하고 선 정리를 해야 했다. 앰프가 걸려 있던 학교 강당의 벽면에는 이슬람의 주요 종교 지도자와 순교자들의 사진이 인쇄된 벽지가 발라져 있었고, 마이크를 설치하기 위해 이동한 단상에는 코란이 올려져 있었다. 오전의 공립학교와는 너무나도 다른 분위기였다.

단장님이 도착하시고 나서 행사가 시작되었는데 우리 부대의 태권도 교실 수업을 수강하는 학생들이 하얀색 태권도복을 입고 청중으로 착석했다. 행사를 시작할 때 UN가, 레바논 국가, 애국가 순서로 국가를 재생했는데 레바논 국가가 울려 퍼지자 아이들이 다 함께 국가를 부르는 모습이 보기 좋았다. 과거 기독교 계열 민병대와 이슬람 계열 민병대가 종교가 다르다는 이유로 서로를 학살했던 아픈 역사를 청산하고 '레바논 국민'으로서의 정체성을 가지게 된 것처럼 느껴졌다.

현대의 포스트 모더니즘 사상과 구조주의 철학자들은 공교육이라는 구조가 강제로 근대시민적인 생각의 틀을 주입하고 사람의 사상을 주조한다고 비판하기도 한다. 공교육 시스템이 단순히 지식을 전달하는 것을 넘어 규율을 통해 순응적이고 통제 가능한 개인을 길러낸다는 것이다. 그러나 나는 레바논의 근대사를 통해 공교육의 필요성을 절감했다. 종교로, 지역으로, 정치색으로 분열될 수 있는 개인들에게 공교육을 통해 국민 통합의 씨앗을 심을 수 있다고 생각한다. 그것이 지나쳐서 개인은 소외되고 국가의 주권만이 긍정되는 독재정으로 이행하는 것은 경계해야겠지만 공동체의 구성원들이 서로에게 소속감과 애정을 느껴야만 외부의 침략이나 간섭에 대항하고 내부의 치안과 복지를 도모할 수 있을 것이다.

행사 이후에는 학교 측이 레바논 음식으로 식사를 대접해 주었다. 이들은 15시쯤에 점심식사를 하고 저녁을 아주 늦게 먹는다고 하는데 마침 행사가 15시에 끝났던 것이다. 오전 행사를 마치고 점심식사를 했던 우리들은 눈을 마주칠 때마다 양껏 음식을 퍼주는 그 성의가 부담스럽기도 했지만 고대부터 손님과 함께 식탁에 마주앉아 음식을 공유하는 것은 손님을 해칠 의도가 없다는 뜻을 내포하는 것이기에 그 정성이 그저 고맙고 반가웠다. 우리는 이름 모를 나물과 볶음밥, 후무스와 삼부사크 같은 현지식을 함께 먹기 시작했다.

함께 자리한 사람 중에는 현지 기자가 있었다. 몇 년 전 헤즈볼라가 우리 고정감시초소의 철수를 조장하기 위해 음해성 기사를 무더기로 기고했던 적이 있다는데 이 분이 반박기사를 내어 도와주었다고 한다. 헤즈볼라가 그렇게 눈엣가시로 여기는 것을 보면 불법무기 반입에 고정감시초소가 걸림돌이 되기는 하는 모양이다.

나는 열흘쯤 후에 샤브리하 시청 공여식에 다시 동원되었다. 그곳에는 우리 부대가 지어줬다는 공용 도서관과 행사 홀이 있었는데 이 행사 홀에서 오늘의 행사가 진행될 예정이었다. 샤브리하 지역은 전쟁 이후에 쓰레기 수거에 어려움을 겪고 있었기 때문에 우리는 5톤 트럭에 수십 개의 대형 쓰레기 수거함을 싣고 왔다. 행사 이후에 이 물품들을 시청에 전달하는 듯했다.

음향 테스트를 진행하고 있었더니 생각보다 너무 많은 사람들이 행사장에 방문해 청중이 되어주었다. 방문객들은 누가 안내하지도 않았는데 남성들은 오른쪽 벽면에, 여성들은 왼쪽 벽면에 모여 앉아 서로 내외했다. 아무래도 남녀가 섞여 앉지 않는 것이 이곳의 문화인 듯하다.

이번에도 단장님은 양국의 우정을 강조하고 앞으로도 지원할 수 있는 부분은 지원하겠다는 말씀을 하고 계셨다. 그러던 중 정전이 발생해 행사장의 조명이 꺼지고 마이크가 먹통이 되는 사태가 발생했다. 우리 주둔지는 자체 발전기를 사용하기 때문에 정전이 거의 일어나지 않았지만 레바논 현지는 전력 사정이 열악해 정전이 자주 있는 일이라고 한다. 우리나라도 산업용 전기 수요가 증가하다 보면 장래에 전력 공급이 한계를 맞을지도 모르는 일인데 미리미리 대비되어야 이런 불편이 없겠다는 생각과 여태 나는 참 아늑한 환경에서 살아왔다는 생각이 들었다.

행사를 끝내고 사용했던 장비들을 다시 적재한 뒤 부대로 복귀하는데 쓰레기통을 싣고 왔던 5톤 트럭이 움직이지 않았다. 혹시 깜박한 것인가 싶어 선탑자에게 말씀드렸더니 트럭도 우리의 기부물품이라고 하셨다. '아, 그렇지 쓰레기를 수거하려면 트럭이 필요하지.' 내가 생각하던 것보다 더 통 큰 기부였다.

이틀 뒤에는 리살라 스카웃이라는 지역 봉사 단체에 구조 활동을 위한 앰뷸런스와 응급치료 세트를 기부하는 행사가 있었는데 그것이 나에게는 마지막 행사 지원이었다. 행사 장소는 바다와 불과 200m 정도 떨어진 곳이었지만 숲과 건물에 시야가 가로막혀 있어서 바다를 가까이서 보지는 못했다. 행사는 별 특이사항 없이 마무리되었다.

민군 작전의 성과를 기념하는 행사를 따라다니다 보니 현지 사람들은 우리 부대의 지원이 아주 큰 도움이 된다고 얘기하지만 상황을 근본적으로 변화시킬 수 있는 도움은 줄 수 없는 것이 안타까웠다.

이 지역 사람들이 고통받는 가장 근원적인 이유는 분쟁이다. 냉혹하게 보면 우리는 평화유지군의 임무를 수행하고 있었지만 평화유지는 실패하고 일종의 위문성·단발성 지원에만 성과를 거두고 있었다.

물론 고정감시초소를 통해 불법무기의 유입을 차단하려 하고 그럼에도 밀반입된 무기를 색출하기 위해 LAF군과 CRLO(Counter Rocket Launcher Operation) 작전을 통해 불법무기 수색을 벌이기도 하지만 결과적으로는 분쟁을 방지하거나 종식시키지 못했다. 블루라인 일대의 평화유지군들은 전쟁이 한창일 무렵 이스라엘의 진격에 밀려 후방으로 후퇴하기도 했고 이 시점에서도 순찰 중에 이스라엘군의 총격을 받으면 순찰을 중지해야만 했다. 우리는 군인이었지만 평화유지군이었기 때문에 가급적이면 무력을 사용할 수 없었고, 공격을 받을 때면 어김없이 한 발짝 물러서야만 했다. 그렇기에 평화를 유지한다는 임무는 공허한 외침이 되어버렸다.

하지만 엄연히 외부인인 우리가 이 땅의 분쟁을 종식시키는 것도 불가능한 일이다. 전쟁은 정치의 연장이다. 전면적인 전쟁은 스스로가 살아남기 위해 상대방을 유생역량 말살해야 하기도 하는 살벌한 것인데 그런 무대에서 레바논의 시아파 교도들이 헤즈볼라에 연대하지 않으면 평화가 찾아올 수 있다든지, 이스라엘이 가자지구의 팔레스타인과 상생할 수 있는 방안을 찾아낸다면 평화가 찾아올 수 있다든지 하는 주장에 선뜻 동의하기가 힘들다.

어쩌면 인간의 문명이 앞으로 나아가는 과정에서 폭력과 갈등은 창발적인 현상일 수도 있다. 한 개인과 국가는 악의를 가지고 폭력에 지배되는 세상을 만들기 위해 노력하지는 않는다. 단지 자신만의 이익을 추구하고 스스로의 욕망에 충실하다. 그렇지만 그런 개인들의 상호작용 하에서 만들어지는 제도나 사회 질서는 단순한 부분의 합 이상이 된다. 마치 개미 한 마리는 단순하게 행동하지만 수천 마리의 개미가 모이면 길을 만들고, 먹이 창고를 분리하고, 여왕개미를 보호하는 거대한 사회가 생기는 것처럼 인간의 사회도 구성원 개개인은 스스로의 이익에 충실할 뿐이었지만 그것이 전쟁, 폭력, 차별을 낳고 마는 것이다. 그와 같은 거대한 세태의 흐름은 한 개인이나 국가가 거스를 수 없는 쓰나미와 같은 것이기에 세계 각지의 분쟁은 출구가 없는 것일 수도 있다. 미망(迷妄)한 나의 시선에서는, 그것이 마음에 드는 환상보다 냉혹한 현실의 진리처럼 보였다.

훈련된 무능

주말 당직근무를 설 때의 일이다. 20시쯤 취사병 중 한 명이 발에 감각이 없다며 당직사령을 찾아왔다. 휴식 중인 군의관을 불러주는 것은 그다지 어려운 일이 아니지만, 본인 스스로가 자신의 증상을 잘 설명하지 못하기에 조금 더 자세히 물어봤더니 누르는 느낌이나 통각 같은 것은 느낄 수 있지만 스스로 발목을 들어 올리거나 발을 조종하는 것이 불가능하다고 했다. 그런 몸을 이끌고 이곳까지 용케 걸어왔다는 생각이 들면서 무전기로 의무대에 환자 진료를 요청했다. 잘 걸어 다니는 것을 보니 현장에 있던 사람들은 모두 별일이 아닐 것이라고 생각했다.

그런데 30분쯤 지났을까? 의무대에서 병원에 가야 하니 초동대처반을 소집해 달라는 연락이 왔다. 나는 상황 보고를 위해 어떤 증상인지를 되물었지만 무전기의 쇳소리 섞인 군의관의 목소리는 "족까슈"라고 들렸다. 짐짓 당황했지만 평소의 군의관님은 점잖고 매너 있는 분이셔서 내가 모르는 무슨 병이 있겠거니 하며 당직사령에게는 병원에 가야 하니 초동대처반을 소집해야 한다고만 얘기했다. 돌아온 답변은 내 기대와 달랐다. 의무대에서 병원에 가야 한다고 하면 그냥 바로 출발하는 게 맞느냐며 엄연히 지휘계통이라는 것이 있으니 출동하더라도 환자가 본인의 중대장에게 먼저 상황을 보고하고, 중대장이 당직사령에게 직접 보고하고, 당직사령은 단장에게 상황을 보고한 후에 출동하는 것이 순서 아니냐는 얘기를 했다. 아, 이 사람이 다 생각이 있나 보다 싶어 그 지휘계통이라는 것을 통해 둘러둘러 보고가 이루어지는 것을 기다려야겠다고 생각했더니 본인은 20시 30분 퇴근 시간이 되었다며 어떤 상황인지 아무것도 모르는 다음 당직사령을 뒤로하고 사라졌다.

5분쯤 지났을까? 환자 호송을 위해 단장을 비롯한 모든 참모가 소집됐다. 그 시점으로부터 병원으로 출발하기까지는 한 시간 가량이 소요됐다. 초동대처반의 특전사들은 바로 앞 병원에 가는데도 총기와 탄약을 지급받고 있었고, 그 와중에 아무도 초동대처반의 운전관을 호출하지 않고 있었다. 특전사들이 20~30분에 걸쳐 출동 준비를 마쳤더니 아뿔싸, 운전관이 없는 것이다! 부랴부랴 근무표를 보고 운전관을 호출했더니 본인은 탄약고 당직근무를 서고 있어 대타를 구해야 한다는 것이다. 그래서 주말 휴식 중이었던 운전관들은 졸지에 NDS[*]를 해야 했고, 결국 한 시간 뒤에 환자 호송이 시작되었다.

정신없이 출동 준비가 이루어지는 동안 나는 UNIFIL 본부에 상황 보고를 위해 군의관으로부터 전달받은 증상을 한 땀 한 땀 영어로 번역하고 있었다. 살면서 영어로 의학용어를 사용한 적이 있었어야 말이지. Shin Nerve(정강이 신경)에 Paralysis(마비)가 발생했으며, Foot drop(족하수) 증상으로 판단된다는 문장을 띄엄띄엄 적어 내려갔다. 난 그제야 군의관님이 "족까슈"가 아니라 '족하수'라고 말씀하셨다는 것을 알 수 있었다. 발을 들어 올리기 어려운 질병이라서 족하수(足下垂)라고 부르는 병이었다. 단순히 다리 신경에 잠깐 이상이 있는 것이라면 별일이 아닐 수도 있지만 혹여나 뇌졸중이나 다발성 경화증, 뇌성마비 같은 중추신경계 손상의 전초 증상일 수도 있기에 정밀검사가 필요하다고 판단하신 것 같았다.

5분 거리의 병원에 우리 차량이 도착한 것을 확인한 이후 단장님은 그간 눌러 담았던 분노를 최대한 절제하면서도 숨길 수 없이 표출하셨다. 지난번에 환자가 발생했을 때 환자의 신속한 호송이 최우선이니만큼 탄약이나 무기를 챙기느라 시간 지체하지 말고 바로 출영할 것을 지시하셨다는데 그 지시사항이 전혀 지켜지지 않았고 대위·소령이 30명 넘게 모였으면서 아무도 상황을 통제할 생각은 하지 못

---

[*] '나다싶'의 줄임말로 나다 싶으면 눈치껏 임무나 작업에 투입되어야 한다는 군대용어

하고 눈만 끔벅거리고 있었다는 사실을 도무지 받아들이지 못하셨다. "니 가족이나 니 애가 급하게 병원을 가야 하는 상황에서도 이렇게 하겠느냐"는 질문에 아무도 대답을 할 수 없었다. 이번에는 상황이 그리 심각하지 않은 것이어서 망정이지, 총상이나 촌각을 다투는 병이었다면 대체 어떡하려고 그랬던 것일까? 이러니 최전방에서는 지금도 단순 실족으로 사람이 죽는 것이라는 생각이 들었다.

토요일 저녁에 일어났던 이 촌극은 우리가 뭉그적거리는 사이 병원의 의사들이 퇴근해 결국 진료도 받지 못한 채 01시에 복귀하는 것으로 마무리되었다.

비슷한 일은 몇 개월 전에도 있었다. 용사 중 한 명의 할아버지가 돌아가셔서 청원휴가를 가야 하는 상황이었는데 어떤 서류를 준비해야 하고 어떤 절차를 밟아야 하는지도 안내받지 못하는 상황이었다. 그런 상황에서도 해당 인원은 밤샘근무에 투입된 상태였는데 마침 옆자리 당직부관이 부대 인사 업무를 담당하는 장교였다. 그래서 무엇을 준비해야 하는지를 질문했더니 돌아온 답변은 "일단 니 직속상관에게 먼저 보고하고, 그 직속상관은 그 위에 영관급에 보고하고, 그 영관급이 같은 영관급인 인사과장에게 문의하면, 인사과장을 통해 나한테 업무가 하달될 테니 우선 절차에 맞게 요청하라"는 것이었다. 그 과정을 거치면서 하루를 허비했고, UNIFIL에 문의하고 청원휴가 허가를 받느라 5일이 소요되는 동안 한국의 가족들은 장례식을 미룬 채 삼대독자를 기다려야만 했다. 나도 중앙정부에서 3~4년을 지냈지만 어쩌면 군대조직이 중앙정부보다 더 관료적이라는 생각이 들었다.

'훈련된 무능'이라는 개념이 있다. 관료제적 시스템에 의한 분업으로 본인 담당 분야에 대해서는 해박한 지식과 경험을 갖추는 반면, 전체적인 그림은 전혀 조망하지 못하는 현상으로 조직 구성원이 갖춘 해박한 지식과 경험이 실제로 문제 해결이나 의사결정에 도움이 되지 않거나 오히려 부정적인 영향을 미칠 수도 있음을 의미한다. 보통 과도한 규칙과 절차가 요구되는 경우나 학습되지 않은 상황을 마주한 경우 발생하기 쉬운데 군대라는 조직이 파병이라는 환경을 맞닥뜨린 경우는 이 모두에 해당한다.

레바논의 환경은 대한민국과 너무나도 다른 데 반해, 군인들은 항상 규범, 교리, 규정에 얽매이도록 훈련받아 상황 대처에 어려움을 겪었다. 게다가 파병부대는 8개월의 기간 뒤에는 바로 흩어질 인력들이어서 책임감이나 의욕을 상실하기도 쉬운 환경인데 설상가상으로 우리의 파병 기간 동안 레바논의 정세와 한국의 정세가 너무나도 악화일로를 걸어 친선 도모를 위한 부대행사는 단 한 번도 개최되지 못했다. 이전까지 한 달에 몇 번씩은 다 함께 모여 소소한 교류를 했다는데 우리 부대원들은 서로가 누군지를 모르니 부서 간 유기적인 협조 같은 것은 기대할 수 없었다. 내가 목격한 이 답답한 상황이 관료로 살아갈 내가 평생 경계하고 맞서야 할 병폐라는 것은 명확해 보였다.

밖으로

휴전 이후에도 지속적인 폭격과 자폭 드론을 이용한 요인 암살로 인해 필수 작전을 제외한 영외 출타는 불가능했다. 이렇게까지 분쟁이 심해지기 전에는 지중해에 발을 담그러 다녀오거나 수도인 베이루트를 하루 동안 탐방하는 경우도 있었고 부대 주변에 있는 로마 유적지를 둘러볼 수도 있었다는데 우리에게는 그저 꿈만 같은 이야기였다.

귀국까지 한 달밖에 남지 않았지만, 부대 밖을 한 번도 나가보지 못한 인원들이 태반이었다. 이들에게 단 한 번의 영외 출타는 간절한 소망이었다. 이런 상황에서 우리의 기대를 끌어올린 소식이 있었는데 바로 단장님의 소원 중 하나가 부대 인근의 전차 경기장에서 메달 퍼레이드 행사를 진행하는 것이라는 얘기였다. 부대에서 3~4km 떨어진 곳에 '티르 히포드롬'이라고 불리는 로마 시대의 전차 경기장이 있었는데 로마 제국의 가장 큰 전차 경기장이었던 이곳은 보존 상태가 훌륭해서 지역의 유명한 관광자원으로 자리매김하고 있었다. 이런 장소를 허가만 받으면 부대 행사 장소로 활용할 수 있었는데 단장님께서 독실한 기독교 신자였기 때문인지, 아니면 영화 〈벤허〉를 감명 깊게 보신 탓인지는 모르겠지만 전차경기장에서의 부대 행사를 꿈꾸고 계셨다.

비록 우리는 국내·외 정세의 영향으로 지난 7개월간 부대 행사를 단 한 번도 개최하지 못했지만 메달 퍼레이드만큼은 반드시 추진할 예정이었다. 메달 퍼레이드는 UN 평화유지군으로서 6개월 이상 임무 수행을 한 인원들에게 훈장처럼 생긴 메달을 수여하는 명예로운 행사였으니 이것마저 취소할 수는 없었다. 쉽사리 부대 밖으로 나가기 어려운 상황에서 행사를 로마 유적지에서 진행한다면 그 추억은 더 깊이 새겨질 것이었다.

모두가 들뜬 마음으로 메달 퍼레이드 행사의 개요가 확정되기를 기대하고 있었고, 잠정적인 행사지 확인을 위해 몇몇 인원이 유적지에 다녀오기도 했다. 이제 레바논 정부와 UNIFIL의 최종 승인만을 남겨둔 상황이었다. 하지만 우리의 기대는 무참히 짓밟혔다. 부대원들의 안전을 최우선으로 고려한다는 이유로 영내에서 행사를 진행하기로 결정되었기 때문이다. 결국, 우리 부대의 직속상관인 이탈리아 장군을 부대로 불러 열병식을 하고, 초대하는 현지인도 최소한으로 줄이기로 했다. 순식간에 김이 확 새버렸다. 지중해 바다를 볼 수 없다면 로마의 유적지라도 눈에 담기를 고대했건만 마지막에 마지막까지 이 좁은 부대에 갇혀 있다가 귀국할 운명이었구나.

그런 부대원들이 안쓰러웠는지 참모들은 다른 나라의 부대라도 탐방할 수 있도록 방문 계획을 검토했다. 별로 내키지는 않았던 것이 보나마나 UN군답게 하얀색 컨테이너 박스를 옹기종기 쌓아 살고 있을 것이고 말레이시아 부대에는 말레이시아 사람들이, 이탈리아 부대에는 이탈리아 사람들이 살고 있겠지. 그리고 군부대라면 7개월 동안 질리도록 봤는데 다른 부대를 본다고 해서 무슨 생경한 풍경이라도 본 것처럼 재충전이 될 것 같지도 않았다. 다만 한 번도 외부로 출영해 본 적 없는 비율은 우리 통신중대가 가장 높았기 때문에 우선순위를 높게 배정받은 상태여서 계획이 추진된다면 외부로 나갈 수 있는 확률은 높았다.

결국 이탈리아 부대를 방문하는 것으로 정해지고 날짜를 배정받았다. 주중에는 일을 해야 하니 주말로 날을 잡았는데 금요일쯤 이탈리아 부대 인근에서 교전이 발생해 방문 계획이 무산되고 말았다. 그럼

그렇지, 이제 한국에 돌아가기 전까지 주말은 딱 두 번 남았고 마지막 주말에는 짐 검사와 각종 마무리 작업을 해야 하니 실질적인 기회는 딱 한 번 남아 있었다. 매번 취소의 취소를 거듭하다 보니 기대를 거는 것조차 지쳐 아무런 기대도 하지 않게 되었다. 외부로 출영할 수 있을지도 확신이 없고, 나간다 해도 그곳도 군부대이니 별 보람도 없을 것 같아 속으로는 나가지 못하게 된다 하더라도 아쉬울 것 없다는 생각을 가지고 있었다. 그런데 정말 마지막 순간에 이르러서 이탈리아 부대 탐방이 가능하다는 결론이 나왔다.

출영을 위해 토요일 아침부터 방탄복과 방탄모를 입고 총기와 탄약을 챙겼다. 이 일정을 위해 나를 비롯해 몇 명은 무리하게 당직근무까지 바꿔가며 일정을 조율했다. 현지 시장 조사, 사령부 출장, 주레바논 한국 대사관 출장 등으로 출영 경험이 많은 인원들에게는 별 볼 것도 없는 이탈리아 부대 방문으로 참 유난을 떤다고 생각할 수도 있겠지만 우리 인원들은 꽤나 상기되어 보였다. 이탈리아 부대로 향하는 버스는 완전무장한 특전사와 통신병으로 가득 찼다. 휴식도 반납하고 아침부터 부산스레 움직였던 것이 조금 번거롭게 느껴지기는 했지만 막상 버스가 출발하니 지도로만 보던 도로를 직접 달릴 생각에 꽤나 설레는 마음이 차올랐다.

몇 번 오갔던 티르의 도심부를 벗어나 남쪽으로 향하는 도로에 올라서니 바나나밭이 끝없이 펼쳐져 있었고 길가에는 각종 깃발과 선전용 벽보 같은 것들이 나부끼고 있었다. 아말당의 세력이 강한 지역에는 초록색 깃발이 춤을 췄고 헤즈볼라의 구역에는 노란 깃발이 빼곡히 내걸려 있었는데 이들의 유난스러운 영역 표시를 보고 있자니 정치결사체나 정당의 느낌보다는 갱스터처럼 느껴지는 인상을 지울 수 없었다. 이스라엘과 국경을 맞대고 있는 남쪽 방향으로 버스가 달려가니 점점 인적은 드물어지고 농경지만 드문드문 보일 뿐이었다. 오른쪽으로는 이따금씩 지중해 바다가 보였는데 구름 한 점 없는 푸른 하늘과 맞닿은 수평선은 어디서부터 하늘이고 바다인지를 구별하기 어려울 정도여서 경계의 역할을 충실히 하지 못했다. 저 너머에는 키프로스, 크레타, 시칠리아가 순서대로 도열해 있을 것이고 수천 년 전부터 이곳 연안을 따라 상인들은 무역을 해왔을 것이었다. 로마, 페르시아, 오스만, 프랑스 등 다양한 제국이 이 땅의 주인을 자처하며 길고 긴 세월이 흘러왔겠지만 바나나 나무 몇 그루를 뽑으면 그때의 모습이 지금의 모습과 크게 다르지 않을지도 모르겠다는 생각이 들었다.

지중해 옆을 달려 남쪽으로 향하던 버스는 가파른 언덕을 오르기 시작했다. 아무래도 이탈리아 부대는 이 언덕 위에 자리 잡고 있는 모양이었다. 언덕의 높이는 그다지 높지 않았지만 그 풍광은 해발고도 1,000m 정도의 제주도 관목지대와 비슷했다. 키 작은 나무들이 듬성듬성 언덕이 너무 밋밋하지 않게 공간을 채우고 있었다. 이 언덕을 제외하고는 모두 평야였기 때문에 도로를 따라 시선을 따라가면 우리 주둔지 인근의 도시들도 볼 수 있었다. 부대 인근에는 마을이 있었는데 폭격으로 모든 건물이 무너져 있었다. 위치상 이스라엘 국경과 가깝기도 하고 UN군 주둔지 인근은 이스라엘이 폭격하기 까다로우니 이 마을에 무기를 많이 숨긴 모양이었다. LAF군과 UN 평화유지군들이 감시 활동을 매일 하고 감시초소를 운영하는데 무기를 어떻게 숨겨 들어오는지 신기할 따름이었다.

부대는 언덕 정상 부근에 자리 잡고 있었다. 우리 부대보다 훨씬 큰 부대였지만 같은 UN 평화유지군의 주둔지여서 우리의 그것과 크게 달라 보이지는 않았다. 애초에 관광지도 아니기 때문에 이곳의 상점들에서는 어떤 물건을 판매하는지 둘러보고 점심이나 든든하게 챙겨 먹은 뒤에 복귀할 계획이었다. 나는 한국에 챙겨갈 짐을 더 많이 만들고 싶지 않았고 애초에 소비 활동 자체를 별로 좋아하는 성격이 아니어서 물건을 사고 싶은 마음은 없었다. 그러나 목공예품을 파는 가게에서 기독교와 이슬람 관련 조각들 가운데 뜬금없는 불상이 자리 잡고 있어 내 눈길을 끌었다. 가게 주인은 현지인이었는데 본인이 불상을 조각하는 것을 좋아해서 생각날 때마다 조각해서 진열해 둔다고 하는 것이 아닌가, 전혀 예상하지 못한 물건을 마주했기에 이것도 인연이다 싶어 10$에 성인 남성 주먹만 한 불상을 하나 샀다.

이후 점심을 먹으러 이동했는데 이 부대는 우리보다 훨씬 느슨한 것 같은 인상을 받았다. 흡연 구역을 엄격하게 정해놓는 우리 부대와 달리 이탈리아 사람들은 아무 곳에서나 담배에 불을 붙였고, 한국의 승인을 받지 못하면 음주 자체가 불가능한 우리와 달리 술은 카페나 식당에서 제약 없이 팔리고 있었다. 이곳 사람들도 음주를 하면 고성방가를 하거나 난동을 피울 텐데 그 경우에만 제약을 하고 처벌하는 것일지, 아니면 그런 흐트러짐조차도 다 함께 웃어넘기는 것일지 나로서는 알 수 없었다. 진열되어 있는 술을 신기하게 쳐다보며 점심을 주문했는데 우리는 T본 스테이크로 메뉴를 통일했다. 가격이 20$ 밖에 하지 않았기 때문에 한국과 비교하면 너무나 합리적인 가격이었다. 다만 스테이크의 등심-안심 비율이나 굽기 정도는 운에 맡겨야 했다. 누구는 웰던 이상으로 오버쿡되어 질긴 고기를 질겅질겅 씹어 먹어야 했지만 누군가는 미디엄 정도로 잘 구워진 고기를 우아하게 썰어 먹을 수 있었다. 나는 안심이 거의 없는 고기를 받아들었지만 굽기 정도가 괜찮아서 꽤 운이 좋은 편이라고 생각했다.

점심을 먹고 나서는 부대 가장자리로 쭉 걸어갔다. 아무래도 높은 언덕 위에 부대가 자리 잡고 있었기 때문에 부대의 모서리 부분은 철조망 너머로 넓게 펼쳐진 지중해 바다를 조망하기에 안성맞춤이었다. 아침에는 구태여 쉬지도 못하고 다른 부대를 찾아가는 것이 번거롭게 느껴졌지만 막상 나오니 점심도 든든하게 먹을 수 있었고 또 소풍을 나온 기분도 들어서 썩 괜찮았다. 외유성으로 부대 밖을 나오는 것은 이번이 처음이었고 또 마지막일 것이었다. 한국에 돌아가고 나면 평생 이 지역을 방문하지 못할 수도 있으니 눈에 잘 담아둬야겠다는 집념이 피어올랐다. 지중해의 반대 방향에는 레바논 공병들이 불발탄을 제거하느라 연기의 기둥이 몇 가닥 세워져 있었고 우리는 혹시 무슨 일이 일어날 수도 있으니 더 늦기 전에 부대로 돌아가야 했다. 이제 복귀하고 나면 한국에 돌아갈 채비를 갖춰야 했고 다음 출영의 행선지는 베이루트 공항이었다. 복귀하는 버스가 마치 한국으로 가는 것처럼 느껴졌다.

4장
레바논에서의
마지막 밤

귀국을 이틀 남겨둔 시점에서 생활관 공사가 마무리됐기에 태권도장 생활을 청산하고 침대와 옷장을 비롯한 개인 짐을 옮겨야 했다. 새 방에 짐을 옮긴들 우리가 사용할 수 있는 것도 아닐뿐더러 컨테이너에 내장재를 부착하느라 사용된 본드 냄새가 방에 가득했기 때문에 마음 한켠에는 이사를 하고 싶지 않은 마음도 존재했다. 더군다나 우리는 사용하지도 못할 방의 리모델링 때문에 몇 주를 불편한 공간에서 생활했으니 약간의 심술스러운 감정이 일기도 했지만 일종의 무주상보시*를 한다는 생각으로 누군가에게는 도움이 되겠거니 생각하며 짐을 날랐다. 좁은 계단에 의지해 2층 컨테이너로 침대, 옷장, 신발장 같은 것들을 잔뜩 나르다 보니 곧 돌아갈 나의 원래 부대, 공병부대에서의 일상을 미리 체험하는 것 같았다. 몇 시간 동안 침대와 옷장을 들어 옮긴 뒤에는 개인 짐을 옮기고 그동안 사용했던 태권도장을 청소했다. 꼬박 하루에 걸친 이사가 끝나고는 바로 당직근무를 들어갔기 때문에 나는 다음 날이 되어서야 새 방을 온전히 둘러볼 수 있었다.

새 방은 컨테이너 하나를 둘로 나누어 1인 1실을 사용할 수 있도록 꾸며두었다. 원래는 굴곡진 컨테이너의 철골이 그대로 드러나 있었지만 플라스틱 벽면 같은 것을 덧붙여 겉보기에 깔끔해졌으며 침대 하나, 책상 하나, 옷장 하나가 꽉 들어차 있는 방은 제법 아늑해 보였다. 방의 구성은 신림동 고시촌의 여느 셋방과 크게 다르지는 않았지만 창문을 열면 작달막한 지중해 조각이 먼발치에 보인다는 점과 볕이 꽤 잘 든다는 큰 차이점이 있었다.

---

*   무주상보시(無住相布施): 집착 없이 남에게 베푸는 행위

그동안 10인 1실을 사용하다 보니 한동안 집에 전화를 하지 못했는데 이제 개인 공간이 생겨 마음 편히 통화를 할 수 있기도 하고 이틀 뒤에는 한국행 비행기를 탈 예정이기도 해서 어머니에게 전화를 걸었다. 처음 레바논으로 떠날 때는 8개월이라는 시간이 절대 흐르지 않을 시간처럼 느껴졌는데 이제는 며칠 뒤에 집에 간다며 통화하고 있는 것이 퍽 새삼스러웠다. 이 땅에서 추석과 설날을 보냈고 크리스마스, 라마단, 부활절과 부처님 오신 날도 보냈으며 폭격과 전쟁도 경험했으니 많은 일이 있었던 것은 분명했다. 어머니께서는 한국에 오면 가장 먹고 싶은 음식이 무엇인지 물으셨다. 고등학생 때부터 기숙사 생활을 하느라 집을 나온 지 10년이 되어가는데도 집으로 돌아가는 아들이 여전히 반가운가 보다. 하지만 나는 분별심에 대한 얘기를 했다. 된장은 좋고 간장은 싫다는 식으로 구별을 짓기 시작하면 시골 된장은 더 좋고 미소 된장은 덜 좋으며 국간장은 덜 싫고 씨간장은 더 싫다는 식으로 온갖 선호가 많아질 뿐만 아니라 좋아하는 음식, 싫어하는 음식이 있음으로써 싫어하는 음식을 먹을 때 괴롭고 좋아하는 음식을 먹지 못할 때 괴로움이 생기니 나는 먹고 싶은 음식일랑 없고 그냥 집에 있는 밥이면 족하다고 말씀드렸다. 조금 별난 대답이었지만 당시에 정말 음식에 대한 욕구가 크게 일지 않았기도 했고 평소에도 반년 내지 일 년 만에 집에 가더라도 된장이나 카레를 적당히 먹었던 것이 익숙했던 탓도 있을 것이다.

부모님과 전화 통화를 마치고 나는 마지막 당직근무에 투입됐다. 일요일 야간 당직근무를 서고 나면 월요일은 근무취침을 하며 하루를 보내고 화요일 새벽에 한국으로 출발하는 일정이었다. 부대를 떠나는 마지막 날까지 당직근무를 서는 것이 불편하게 느껴질 수도 있었지만 어차피 한번 근무를 서고 나면 생활 패턴이 엉망진창이 되어 그다음 날에도 잠을 잘 자지 못하는 것을 감안하면 오히려 비행기에 탑승한 뒤에 잠을 자기에는 더 좋을 수도 있었다.

마지막 근무를 서면서 이 부대에서 있었던 일들을 차근차근 돌아 봤다. 지치는 일들의 연속이었던지라 주변 사람들에게 날 선 말을 많 이 했던 것들이 마음에 걸리기도 했고 목표했던 운동이나 영어 공부 를 충실히 하지 못한 것에 대해 아쉬움도 있었다. 하지만 무엇보다 확 답이 서지 않았던 것은 과연 내가 이곳에서 실천적 지혜를 잘 연마했 는가 하는 것이다. 학교에서 배우지 못하는, 직접 삶의 문제에 부딪혀 야지만 배울 수 있는 실천적 지혜와 시민적 덕성을 익히는 것이 파병 의 가장 큰 목표였는데 그것에 대해 확신이 서지 않았다. 아무래도 한 국에 돌아가면 수행과 공부가 더 필요할 것 같았다.

당직근무를 끝낸 다음 날은 중간에 깨어 짐 검사를 하고 다시 기 절하기를 반복했다. 그리고 그날 새벽 2시, 우리는 베이루트 공항으 로 가는 버스를 타기 위해 연병장에 모였다. 우리보다 일주일 더 임무 를 수행하고 귀국할 2제대 복귀 인원들과 작별 인사를 하고 방탄복을 입은 채 버스에 올라탔다. 어둠이 내리깔린 해안도로를 따라 북쪽으 로 올라가는 버스 안에서 꾸벅꾸벅 졸다 보니 우리가 처음 레바논에 도착해 햄버거를 먹으며 대기했던 공항 뒤편 광장이 나왔다. 이번에 도 그때의 햄버거를 먹으며 공항으로 출발하기를 기다렸다. 이번에는 운이 좋게도 한국에 직항으로 가는 비행편이 수배되어 비행기 안에서 옷을 갈아입는 등의 불편은 없을 예정이었다. 31진 1제대가 타고 온 비행기를 우리가 타고 한국으로 돌아가면 31진은 우리가 타고 온 버스를 타고 부대로 돌아가겠지, 얼른 비행기에 탑승해 눈을 붙이고 싶었지만 공항에 도착하고 나서도 얼마간은 대기해야 했다. 지난밤을 뜬눈으로 지새우고 어느덧 해가 중천에 걸렸기에 쏟아지는 잠이 마치 수마*와 같이 느껴지기 시작했다. 우리는 점심께나 되어 비행기에 올라탈 수 있었다. 한국까지는 10시간 정도의 비행이 예정되어 있었는데 기내식을 줄 때만 가까스로 일어나 음식을 입에 구겨 넣고 다시 기절하기를 반복했다. 그 탓인지 오랜 시간의 비행이 전혀 길게 느껴지지는 않았다. 오히려 나는 아직 한국에 도착할 마음의 준비가 되지 않았는데 벌써 서늘한 안개가 낮게 깔린 인천공항으로 비행기가 들어서는 것이 갑작스럽게 느껴졌다. 그렇게 우리는 새벽 5시의 인천공항에 도착했다.

바로 집으로 돌아가고 싶은 마음이 굴뚝같았지만 그럴 수 없었다. 왜냐하면 파병 후 신체검사를 통해 지난 8개월의 임무 수행 동안 문제가 생긴 부분은 없는지 확인해야 했기 때문이다. 그런 이유로 10시간의 비행을 마치자마자 공항 앞에 대기하고 있던 버스를 타고 2시간을 달려 병원으로 이동했다. 파병 기간 동안 통신사에 서비스 중단을 요청해 두었기 때문에 이동하는 버스 안에서 문자, 통화, 데이터 사용은 불가능했다. 심지어 통신사의 상담직원들도 출근하지 않은 시간이어서 당장 서비스 중단을 해제할 수 없었기 때문에 휴대폰을 사용할 수 없는 나는 하릴없이 버스 창문으로 그리웠던 조국의 풍경을 바라봤

---

*   수마(睡魔): 견딜 수 없이 오는 졸음을 악마에 비유한 말

다. 인천대교를 넘어 경기도를 달리고 있으니 파병 전 신체검사를 받던 날이 아득하게 떠올랐다. 그때만 해도 몸에 문제가 있어 파병을 가지 못하면 어떡하나 걱정이 앞섰건만 지금은 신체검사 결과 같은 것은 아무래도 좋았다.

신체검사는 점심시간쯤 되어서 종료됐다. 제법 배가 고팠고 이제는 정말 집으로 돌아가고 싶었지만 마지막 관문이 남아 있었다. 우리가 파병 교육을 받았던 곳으로 이동해 파병 복귀 행사를 진행해야 했던 것이다. 행사까지 다 마치고 나면 16시에서 17시 정도가 될 예정이었는데 비행기에서 제법 눈을 붙였다고는 하지만 레바논에서 출발한 지 30시간가량이 지나고 있었기 때문에 몸에 누적된 여독은 숨길 수 없었다. 그래도 이것이 마지막 행사이니 조금만 더 분발하자는 생각으로 점심식사로 제공된 샌드위치를 먹어치웠다.

행사까지는 2시간 정도가 남아 있었기 때문에 옛 기억을 더듬을 요량으로 건물 안을 돌아다녔다. 그러다가 우리가 사용했던 생활관을 찾아갔는데 아직 레바논으로 출발하지 않은 31진 2제대 통신병 인원들을 우연히 만날 수 있었다. 아직 미지의 국가에 대한 설렘을 가득 안고 있는 그들에게 궁금한 것들을 답변해 주다가 나도 궁금했던 것들을 물어봤다. "31진은 당직근무 어떻게 편성하는지 결정되었나요?"

우리의 파병 생활을 돌아봤을 때 가장 체력과 정신력을 갉아먹고 불쾌한 기억으로 남았던 것이 당직근무였기 때문에 당연히 관심이 쏠렸던 것 같다. 그런데 그들에게서 들은 대답은 내 예상을 아득히 뛰어넘는 것이었다. 용사들이 당직근무에 너무 자주 투입되는 탓에 근무취침을 하게 되면 일을 시킬 사람이 없으니 근무취침을 없애버렸다는 것이다. 그렇다면 24시간 근무를 없애는 것이냐 하면 그것은 또 아니었다. 24시간 근무체계를 유지하되 하루에 인원을 4명 투입해 2시간씩 교대로 근무를 선다는 것이었다. 예를 들어 A는 08시~10시, 16~18시, 00시~02시 근무를 서고 B는 10시~12시, 18시~20시, 02시~04시 근무를 서는 식이다. 투입 인원이 7명이라고 했으니 하루걸러 하루꼴로 이 생활을 주말도 없이 반복하는 것이다. 그와 동시에 근무 시간이 아닐 때는 08시부터 18시까지 이어지는 일과 과업도 병행해야 할 테니 얼핏 말만 들어도 피로가 이만저만이 아닐 것처럼 보였다. 나는 우리도 꽤 힘든 당직근무를 섰다고 생각해 왔는데 '바닥 밑에는 지하실이 있다'는 사실에 경악했다. 도무지 지속 가능한 라이프 스타일이 아닌 만큼 그들이 간부님들과 새로운 합의점을 도출하기를 바랄 수밖에 없었다.

한편 복귀 행사는 아주 간단하게 끝났다. 고작 30분가량 진행될 행사 때문에 땅끝 남해에서부터 부모님이 올라오시는 것을 바라지 않았던 만큼 나는 부모님과 집에서 뵙기로 했다. 이제는 정말 집에 돌아가기만 하면 되었는데 내게는 25kg 정도의 캐리어와 15kg 정도의 배낭이 들려 있었던 것은 사소한 불편이었다. 창녕까지 이동하는 동생과 동행하기로 하고 우선 김포공항으로 이동했다. 한국에 도착하기 전에 검색했던 바로는 부산까지 가는 비행기가 4만 원 정도였는데 행사가 언제 끝날지 장담할 수 없기도 했고 현장에 가면 떨이표가 있지 않을까 하는 기대감 때문에 비행편은 예약하지 않았다. 우리는 무작정 김포공항으로 이동한 뒤 에어부산 안내데스크로 찾아가 부산 가는 비행편을 찾았는데 예상치 못했던 문제가 두 개 발생했다. 하나는 마감 직전의 비행기 값이 미리 예약하는 것보다 2배가량 비쌌던 것이고 둘째는 우리가 각각 지참한 짐 40kg 때문에 발생하는 추가비용이 비행 삯보다 더 비쌌던 것이다. 얼른 집으로 돌아가고 싶은 마음이 앞섰지만 이동비용으로 20만 원씩이나 지출하고 싶은 마음은 없었다. 나는 급하게 KTX 어플을 켜 마산역으로 가는 기차 편이 남아 있는지를 확인했다. 다행히 평일 기차편은 넉넉하게 남아 있었고 김포공항에서 공항철도를 타면 서울역까지 환승 없이 이동할 수도 있었다. 나는 동생에게 조심스레 "역까지 가는 게 쪼매 품이 들기는 하겠지만 고마 기차 타고 가자. 기차는 5만 원이면 간다이가"라고 얘기했고 다행히 돌아온 답변은 "예! 행님, 그래하입시다"였다.

공항철도를 타면 환승 없이 서울역으로 갈 수 있다고는 하지만 40kg에 달하는 짐을 짊어지고 이동하니 지하철역이 그렇게도 멀게 느껴질 수는 없었다. 거북이 등딱지 같은 배낭이 원망스럽게 느껴질 무렵, 나는 갑작스러운 궁금증이 생겼다. 지금 서울역으로 가면 TMO(Transportation Movement Office) 지원을 받을 수 있을까? TMO라는 것은 국군수송사령부에서 운영하는 사무실로 주로 국군 장병들이 출장이나 위로·포상 휴가를 갈 때 승차권을 지원해 주는 역할을 한다. 서울역에 도착하면 19시를 조금 넘긴 시간일 텐데 그때 사무실이 열려 있고 파병 위로 휴가가 승차권을 지원받을 수 있는 유형의 휴가라면 우리는 KTX 승차권 전액을 환급받을 수 있는 것이었다. 갑자기 피로감이 전혀 느껴지지 않았다. 단순히 호기심에 대한 열망 때문이기도 했지만 서울역으로 가는 길이 하나의 모험처럼 느껴졌다.

우리는 서울역에 도착하자마자 TMO 사무실을 찾았다. 다행히 아직 운영 중이었고 담당 용사가 성의껏 도와준 덕분에 KTX 비용을 환급받을 수 있었다. 우리가 파병 부대에서 복귀하는 과정에서 인사체계가 뒤죽박죽인 상태였기에 행정절차가 순탄치 않았는데도 귀찮은 내색 없이 도와준 담당 용사가 그렇게 멋있어 보일 수 없었다. 나는 이렇게까지 프로페셔널하게 도와줬는데 나는 뭐라도 해줘야겠다며 칭찬성 민원을 어디에 접수해야 하는지를 되물었지만 그런 칭찬들이 아무 의미가 없으니 그저 쉬다 가라는 답변을 돌려받았다.

KTX를 타고 마산역에 도착했을 때는 00시를 넘기고 있었다. 레바논에서부터 이곳에 돌아오기까지 무려 40시간이 걸렸다. 너무 긴 하루였던 탓인지 어디서부터 어디까지를 오늘로 봐야 하는지도 명확하지 않았다. 그저 오늘부터 내가 지낼 곳은 멀끔한 콘크리트의 키다리 건물이 즐비하고 폭격에 무너진 건물은 없으며 10mb쯤의 파일은 1초 만에 전송할 수 있는 믿기지 않는 통신 환경을 갖춘 곳이라는 사실만을 알 수 있었다. 그렇게 파병 휴가가 시작됐다.

30일의 자유

두 달의 파병 전 교육, 그리고 8개월의 파병 임무 수행 끝에 우리는 30일에 달하는 파병 위로 휴가를 부여받았다. 이 휴가가 내게는 퍽 특별하게 다가왔다. 아무래도 나는 전역 다음 날부터 바로 출근해야 하는 입장인 데다가 중앙정부 사무관의 삶이란 신혼여행을 가지 않는 이상 5일 이상 휴가를 사용하기 어려운 것이기에 내 인생에서 30일을 오롯이 자유롭게 사용할 수 있는 것은 이번이 마지막일지도 몰랐다. 그런 의미가 있는 만큼 전역 이후에 재정비 시간을 가질 수 있는 동료들보다 휴가를 알차게 사용해야 할 것은 자명했다.

결론부터 말하자면 나는 휴가 기간 동안 소백산 등산, 황매산 등산, 굴업도 캠핑을 다녔으며 미리 해외여행 허가를 받아 네팔을 다녀왔다. 네팔을 방문한 목적 역시도 해발고도 4,130m의 안나푸르나 베이스캠프 등산이었다. 네팔까지 등산하러 간 이유는 명확했다. 지금이 아니라면 평생 못할지도 모른다는 강한 직감 같은 것을 느꼈기 때문이다. 10일가량이 소요되는 일정은 지금이 아니면 소화하기 힘들뿐더러 애인이나 가정이 생긴다면 더더욱 언감생심이 될 것이 뻔했다. 그런데 등산을 좋아하는 나로서는 살면서 한 번쯤은 히말라야의 정취를 느껴보고 싶었다. 그런 연유로 나는 더 고민하지 않고 배낭 하나에 옷가지를 조금 집어넣고는 네팔로 훌쩍 떠나버렸다.

나는 네팔에서 5박 6일 동안 안나푸르나 베이스캠프 등산에 더해 수도인 카트만두, 트래킹 도시인 포카라, 부처님이 태어나셨다는 도시인 룸비니를 둘러봤다. 등산 기간 동안은 고산병 때문에 무기력함과 두통을 경험했지만 정말 운이 좋게도 맑은 하늘 아래 히말라야의 미봉을 둘러볼 수 있었다. 내가 방문했던 5월은 우기가 시작되는 시점이어서 온종일 비가 내리고 봉우리들은 구름 뒤에 숨기 십상이었는데 잠깐잠깐 맑은 봉우리들이 모습을 보여주어 네팔까지의 방문이 헛되게 느껴지지는 않았다. 아무래도 이번 여정에서는 행운이 많이 따랐던 것 같다.

그것과는 별개로 10일간의 여행 동안 애석하고 안타깝게 느껴진 일이 많이 있었다. 네팔은 2024년 UN 통계 기준으로 1인당 GDP가 1,397달러에 불과한 국가다. 이는 통계에 포함된 189개국 중 160등에 해당하는 수치로서 대한민국과 비교하면 거의 25분의 1 수준이다. 말하자면 세계 최빈국인 것이다. 수도인 카트만두와 제2의 도시인 포카라는 사정이 꽤 괜찮았지만 그들조차도 도시를 조금만 벗어나면 어김없이 비포장도로가 나타났으며 좁은 산악도로의 커브길을 돌 때면 반사경이 설치되어 있지 않아 모든 차량이 혹시 있을지 모를 귀퉁이 너머 차량에 자신의 존재를 알리기 위해 경적을 울리며 운행해야 했다. 그러다가 거대한 트럭이나 버스들이 서로를 마주 보고 설 때면 한동안 우두커니 서서 서로 경적만 울려대며 기 싸움을 하는 일이 빈번했다. 어느 지역이든 전력 형편이 넉넉하지 않아 하루에 몇 번이고 정전이 발생했으며 이것은 일반 가정집뿐만 아니라 5성급 호텔도 포함되는 일이었다.

오죽했으면 나는 산행을 시작하는 지누단다까지 지프를 타고 이동하는 길에 열악한 도로 사정과 다 무너져 가는 가정집들을 보고서는 '아, 레바논은 잘사는 나라였구나'라는 생각을 절로 했다. 그리고 히말라야 산악지대에는 '포터(Porter)'라고 하는 짐꾼들을 수시로 만날 수 있었는데 그들은 대나무 바구니에 가스통이나 각종 식자재를 싣고 매일 산을 오르내리는 것이 일이었다. 매일매일 무거운 짐을 둘러메고 산을 오르내리는 그들이 기껏해야 한 달에 20만 원도 안 되는 수익을 올린다는 사실은 왜인지 미안한 감정을 갖게 할 정도였다. 그 수익마저도 포터들의 일자리를 창출하기 위해 네팔 정부가 도반 지역 이후부터 당나귀를 이용하여 짐을 옮기는 것을 규제한 덕분이었다.

한국의 대기업 직원들이 도요타, TSMC, 퀄컴, 애플 같은 글로벌 대기업과 경쟁하고 있을 때 그저 우연한 이유로 네팔 산악지대에 태어났을 뿐인 그들은 고작 당나귀와 경쟁하고 있었던 것이고, 그마저도 법의 힘을 빌리지 않으면 당나귀에 비해 상대적 열위에 놓여 있었다. 그저 우연한 이유로 이 지역에서 태어났을 뿐인데 말이다.

평범한 농촌 지역인 룸비니에 방문했을 때는 아버지에게 전해 들었던 1970년대의 함양 두메산골과 별반 다를 것이 없다는 생각을 했다. 어린아이들은 저녁이 되면 물소나 염소를 끌고 나와 풀을 먹이고 있었으며 상수도 시설이 미비한 탓인지 길가에는 수동 물 펌프가 군데군데 자리하고 있었다. 50년 전 한국이 경제 개발의 과실을 맺기 전의 농촌이, 새마을운동조차 하기 전의 농촌이 현대 네팔에서는 현재진행형이었던 것이다.

그들이 게으르거나, 의욕이 없었다면 나는 안타까운 마음을 덜 가졌을지도 모르겠다. 그러나 내가 만났던 네팔 사람들은 성실하고 의욕적이었다. 그 사실이 나를 더 부끄럽게 만들었다. 히말라야의 포터들은 수십 킬로그램의 짐을 짊어지고 구슬땀을 흘리면서도 묵묵히 산을 올랐다. 룸비니에서 나를 공항까지 태워주었던 오토릭샤(툭툭) 기사는 18살이었는데 부모님을 여의고 홀로 동생 둘을 부양하고 있었다. 그는 그런 상황에서도 밝게 지내며 손님을 찾아 나섰다. 포카라에서 룸비니로 이동하던 버스 안에서는 농업 자재 수입업을 하는 26살 청년을 만났는데 그는 네팔이 비료를 직접 생산할 수 없어 인도로부터의 수입에 의존해야 하는 상황을 아주 안타까워하고 있었다. 그러나 그들 모두는 정부가 조금만 더 국민들의 삶에 관심을 가지고 경제를 개발하기 위해 노력한다면 나라의 형편이 훨씬 나아질 수 있을 텐데 그러지 못하는 현실을 안타까워하고 있었다. 1996년부터 2006년까지 10년간 내전을 경험했던 네팔은 아직까지도 정치가 꽤 혼란한 상황이어서 국민들이 정치에 대한 피로감을 느끼고 있었다. 더군다나 인도와 중국이라는 두 강국에 둘러싸여 수출·입을 전적으로 이들에 의존해야 하는 내륙국의 특성상 세계 시장과 접촉하는 것에도 한계를 보였다.

앞에서도 언급했지만 한 개인의 소득을 결정하는 가장 큰 요인은 IQ도, 교육 수준도, 부모의 재력 수준도 아닌 태어난 국가라고 하지 않던가. 세상을 살아가면 살아갈수록 수없이 많은 일들은 내 의지나 노력과는 무관계한 우연의 작용으로 결정된다는 것을 실감한다. 그리고 종종 한 개인의 무력함을 절감하기도 한다. 어쩌면 우리에게 필요한 것은 지금 당장 내가 누리고 있는 혜택과 우수함에는 겸손해야 하는 것과 행운이 따르지 않은 일들에는 너무 주눅 들거나 뼈아프게 생각하지 않는 것일지도 모르겠다.

그러면서도 막중한 책임감을 느낀다. 한 국가와 공동체가 어떤 방향으로 나아가느냐에 따라 우연히 이 공동체에서 태어날 사람들이 마주할 물줄기가 설정되는 것 아닌가. 한 명의 공직자로서 사소한 일이건 중요한 일이건 간에 내 30년의 직업 활동이 대한민국이라는 공동체에 영향을 미칠 것을 생각하면 절대 가벼이 생각할 수 없다. 이 공동체의 여정에 조그마한 보탬이라도 된다면 내 개인으로서는 더없는 영광일 것이고 그럴 수 없다면 적어도 남 바짓가랑이는 잡지 말아야 하지 않을까.

돌아온 공병단

30일의 꿈같았던 휴가를 뒤로하고 나는 원래 근무지로 돌아왔다. 부대의 외관과 건물은 전혀 달라진 것이 없었으나 1년 동안 인적 구성은 꽤 변해 있었다. 파병을 떠나기 전에 알고 있던 선임들은 거의 다 전역한 상태였고 처음 만나는 후임들이 가득했다. 이 친구들은 나와 함께 생활하지 않았으니 선임 대우해 주기를 바라는 것도 이치에 맞지 않은 것 같았고, 나 역시도 군 생활의 대부분을 레바논에서 보냈으니 이 부대의 물정은 잘 모르는 것이어서 괜히 목에 힘을 주기보다는 나 스스로를 '깍두기'로 생각하려 했다. 그러니까 이 시기의 나는 그저 그런 중고 신입이었던 것이다.

나는 별 볼 일 없는 중고 신입으로서의 정체성과 포지셔닝에 익숙해질 필요가 있었다. 왜냐하면 전역 이후에 농식품부로 복귀하면 아래로는 4년 치의 후배 사무관님들이 있을 텐데 나는 5년 차 사무관임에도 실무 경력이 미천하기에 연공서열에 기대지 않고서는 선배 노릇을 할 수도 없을 것이었다. 그렇기에 1년 2개월 만에 처음으로 후임이 생겼다는 사실에 취해 말년병장 놀이에 열을 올린다면, 충분히 중참 같지도 않고 충분히 신참 같지도 않은, 그저 그런 중고 신입으로 영락했을 때 추락의 낙폭이 더 커질 것이었다. 따라서 지금 자대 생활에 적응하는 것을 전역 이후의 생활과 유사한 프랙탈 구조*로 여겨 다소 얌

---

*　　　동일한 패턴이 반복되면서 부분을 확대한 모습과 전체의 모습이 닮은꼴로 무한히 반복되는 기하학적 형태

전히 지내는 것이 내 정신 건강에 유리할 것 같았다.

새로 만난 후임 중에 가장 기억에 남는 것은 베트남 출신의 ○ 상병이다. 한국인 아버지와 베트남인 어머니를 둔 그는 나보다 한 살 어린 26살로 꽤 늦은 나이에 군에 왔는데, 그의 부모님은 한국어를 전혀 할 줄 몰랐던 아들이 군대를 계기로 한국어를 익히길 바라는 마음에서 입대를 권유했다고 한다.

그에게는 '의무'가 '선택'이었으나 기꺼이 낯선 땅에서 입대한 것이 대견스러웠다. 그러나 한국어를 전혀 할 줄 모르는 그는 훈련소에서는 주변 동기들과 영어로 소통하며 더듬더듬 한국어를 익혀야 했고, 그 과정이 얼마나 힘들었을지를 생각하면 안쓰러운 마음도 크게 들었다. 나와 만났을 때는 1년간 한국어를 익힌 덕분에 제법 원활히 의사소통할 수 있었다. 다만 한국식 이름을 외우는 것은 아직 어려웠는지 나를 '임성호 병장님'이 아닌 '레바논 썬임(선임)╱'이라고 불렀다. ○ 상병은 지금도 개인 정비 시간에는 한국어책을 펼쳐 글을 익히고 있다.

지난 5년간 병역 의무를 가진 복수국적자 중 한국 국적을 포기한 사례는 1만8434명, 입대를 신청한 사례는 2,813명이라고 한다. 우리의 관심은 어떻게 하면 더 많은 인원들이 국적을 포기하지 않고 병역의 의무를 이행할지에 초점이 맞춰져 있다. 그러나 동료 병사의 시선으로 봤을 때는 그들이 입대한 이후에 겪을 수 있는 어려움에 대한 관심은 부족함을 느낀다. 군대라는 곳이 명령과 규율에 의해 유지되는 차가운 집단이라지만 평생을 외국에서 살다 온 이방인들이 한국에 대한 첫인상이 너무 고통스럽지는 않았으면 좋겠다는 바람이다. 그러기 위해서는 점점 다양성이 증가하는 장병 집단을 어떻게 운용하고 관리해야 하는지에 대한 고민이 필요하다.

인구 구조상 장병 집단의 다양성 증가는 이미 예견되어 있고 이로 인한 병력 관리 어려움의 가중 역시 정해진 미래다. 오는 2030년에는 다문화가정의 자녀 1만여 명이 입대할 예정이라고 한다. 기껏해야 51명의 다문화가정 자녀가 입대하던 2010년과는 완전히 다른 환경이 조성됐다. 뿐만 아니라 높아진 현역 판정률도 고려해야 한다. 1980년대에 50% 수준에 불과했던 현역 판정률이 2022년에는 85.5%까지 올랐다. 저출산 현상이 지속되는 와중에도 상비병력은 확보해야 하기에 대한민국 청년 남성은 소위 '팔다리만 달려 있으면' 입대를 해야 한다.

85.5%의 현역 판정률은 아주 가혹한 기준이다. 왜냐하면 지능지수 하위 15%에 해당하는 경우를 '경계선 지능장애'로 분류하기 때문에 신체에 장애가 있거나 지능과 관계없는 정신적 문제로 현역 부적합을 받은 사람들도 있음을 고려하면 꽤 많은 수의 경계선 지능장애 청년들이 현역병으로 군에 입대함을 알 수 있다. 472,761명이 태어난 2004년생들이 입대할 때 벌어지고 있는 현실이 이러한데, 242,334명이 태어난 2024년생들이 입대할 때가 오면 어떻겠는가? '50만', '강군'은 지속 불가능한 목표다.

아마 병력자원의 부족은 비용으로 돌아올 것 같다. 전투병과만 구성하기에도 인력이 부족하니 취사를 비롯해 부대 관리에 필요한 업무는 민간에 아웃소싱을 해야 할 것이고 초급 간부 인력 수급을 위해 군은 민간과 경쟁해야 하는 처지에 놓여 지금 수준의 부사관·장교 봉급 수준으로는 목표 인원을 채울 수 없을 것이다. 그러다 보면 기존 인력에게 업무가 몰리게 되고 그들도 지쳐 전역을 선택할 수 있기에 연쇄적인 간부 이탈이 발생할 수 있다. 이러한 현상은 지금도 진행 중이기에 간부들의 처우 개선을 위한 예산을 매년 편성하고 있다.

베이비붐 세대가 사회의 주역이었을 때는 인력이 '배당'되는 시대였다. 기본적으로 일할 사람이 넘쳤고 여성의 사회 진출도 동시에 이루어졌기에 임금 상승의 필요성이 낮았다. 그러나 인력의 배당은 끝났다. AI가 많은 일자리를 대체할 것이라고 하지만 여전히 군대에는 사람이 필요하다. 그리고 산업 현장에도 사람은 필요하다. 그들이 일반적인 직장보다 더 힘들고 제약 요소도 많은 군대를 직장으로 선택할 수 있어야만 지금의 국방이 유지될 수 있다.

우리의 인구 구조는 병력 수급과 관리 모두에 어려움을 가중시키고 있다. 러시아와 중국에 의한 전쟁 발발 위험이 그 어느 때보다 높아지고 있는 상황이기에 더더욱 지혜를 모아야 한다.

바퀴는 굴러가고 강산은 다가온다

자대에서의 3개월은 제법 할 일이 많았다. 무더운 여름에도 장간조립교 관련 작업은 해야 하기에 며칠 동안 새벽 5시에 기상해 그나마 덥지 않은 새벽부터 점심까지 노동을 하기도 했고, 삼청동 임무에 차출되었던 기간 동안은 일찍 버스로 이동해야 하므로 새벽부터 장비를 챙겨 버스에 몸을 맡기기도 했다.

정말 지루할 수 있었던 시간이지만 이래저래 할 일도 많았고 읽고 싶었으나 레바논에서는 구할 수 없었던 책들을 잔뜩 사와 틈틈이 읽은 덕분에 시간이 훌쩍 지나갔다. 아무래도 우리의 뇌는 새로운 자극을 아주 반기는 모양이다.

자대에서 해야 했던 일들도 마냥 편하지만은 않았지만, 레바논에서의 생활에 비하면 아주 지낼만했다. 적어도 이곳은 머리 위로 미사일이 날아다니지도 않을뿐더러 주말만큼은 별도의 임무가 없어 휴식 시간도 충분했다. 24시간 365일 간부·용사 할 것 없이 한데 엉켜 서로 부대끼며 매일 과업을 수행해야 했던 것에 비하면 이곳은 휴식 장소로 느껴지기도 했다.

3개월이 순식간에 지나갔다는 것은 드디어 나의 말년휴가가 시작되었다는 뜻이기도 했다. 나는 말년휴가에 이행하기로 한 오랜 약속이 있었는데 그것은 훈련소 동기들과 자전거로 국토 종주를 떠나는 것이었다. 인천부터 부산까지 약 633km의 코스를 자전거를 타고 통과하자는 약속은 훈련소를 수료할 때쯤 했다. 당시 나는 117번 훈련병이었고 함께 생활했던 116번 훈련병, 120번 훈련병은 아주 성실하고 긍정적이어서 죽이 아주 잘 맞았다. 그래서 나는 1년 4개월 뒤에 우리가 말년병장이 되면 같이 국토 종주를 가자는 무리한 제안을 건넸고 두 사람 모두 흔쾌히 수락한 것이 사건의 발단이었다. 셋 다 평소에 자전거를 좋아하는 것도 아니고 국토 종주를 다녀온 경험도 없었지만 그저 사서 고생하는 것이 재미있을 것 같았다.

그렇게 9월 1일이 다가왔다. 우리 셋은 인천에서 모이기로 했다. 아무도 자전거가 없었기에 국토 종주 출발점 근처의 삼천리 자전거에서 자전거를 사는 것으로 일정을 시작했다. 딱 일주일만 버텨주기를 바라며 30만 원짜리 자전거 세 대를 사서 페달을 밟기 시작했다.

초보자 세 명이었고 자전거도 로드 자전거가 아닌 하이브리드 자전거였기 때문에 우리는 시속 17~19km 정도로 여유롭게 이동했다. 하루에 100km 정도를 꾸준히 이동한다면 6일 차 정도에는 부산에 도착할 수 있으리라.

첫째 날은 광진구에서, 둘째 날은 강원도 원주에서 일정을 마무리했다. 그렇게 셋째 날에는 충주를 통과해 경북에 진입하는 것을 목표로 했으나 여전히 더운 9월의 날씨 탓인지 일행들은 충주에서 더위를 먹고 말았다. 경북에 진입하려면 악명높은 이화령 고개를 넘어야 하는데 이 컨디션으로 무리했다가는 사람이 다칠 수도 있겠다는 생각이 들어 셋째 날은 수안보에서 쉬었다.

이왕 수안보에 왔으니 월악산 등산 후에 들렀던 아주 괜찮은 온천을 소개해 주려 동생들을 데리고 이동했으나 하필 보수공사 기간이어서 다른 온천으로 발걸음을 옮겼다. 온천에서 피로를 푼 뒤에는 정말 만족스러웠던 중화요리 가게를 소개해 주려 했으나 그 가게는 재료 소진으로 조기 마감을 한 상태였다. 오늘 진도를 많이 빼지 못한 것이나, 온천·식당 모두 내 맘 같지 않은 것이 아쉽기도 했지만 세상이 원래 그런 것이라는 생각이 들었다. 나이를 먹어도 철은 들지 않았지만 배운 것이 딱 하나 있다면 세상은 내 통제하에 있는 곳이 아니라는 것이겠다. 나 자신도 내 맘 같지 않을 때가 있는데 다른 사람이나 상황은 오죽할까. 세상은 늘 그런 곳이었는데 세상이 내 기대와 다르다고 낙심하고 슬퍼한다면 그것은 오롯이 내가 어리석은 것이고 내 손해이다. 아무래도 자유란 하고 싶은 대로 모든 일이 술술 풀리는 것보다는 내가 할 수 있는 일을 하고 싶어하는 것에 더 가깝다는 생각이 들었다. 쉽지 않은 일이지만 마음을 비워야 한다.

온천을 즐긴 우리는 거의 풀 컨디션이나 다름없는 상태로 이화령 고개에 도전했다. 이화령 고개를 오르기 전에 마주한 소조령 고개를 주파했을 때는 짜릿함보다는 막막함이 앞섰다. 이화령은 이것보다 더 길고 높다는 뜻이기에. 하지만 우리는 끝 없이 이어진 오르막을 더듬더듬 오르며 산정(山頂)을 향한 투쟁을 계속했다. 검은 쫄쫄이 삼인방은 아침으로 먹은 설렁탕을 태워가며 끝끝내 이화령 정상에 도착했다.

내리막을 내려가는 일은 신나는 일이었다. 우리는 페달 한번 밟지 않고 문경으로 들어올 수 있었다. 그리고 문제가 발생했다. 120번 훈련병이 예전에 십자인대를 다친 적이 있었는데 무릎 통증이 점점 심해지더니 도저히 종주를 진행할 수 없는 상태가 되어버렸다. 다시 한번 예기치 않은 상황에 맞닥뜨렸다. 고민 끝에 나와 116번 훈련병은 부산으로 계속 이동하고 120번 훈련병은 근처 병원에 들렀다가 버스를 타고 서울 본가로 돌아가기로 했다. 그를 배웅해 주지 못한 것이 미안했지만 어찌저찌 병원에 들러 무릎에 찬 물을 빼내고 서울로 돌아갔다고 한다.

일행이 셋에서 둘로 줄었기에 우리는 편의점에 들러도 2+1 제품이 아닌 1+1 제품을 찾아야 해서 메뉴 선택의 폭이 좁아졌고 휴식 시간도 이전보다는 조금 조용해졌다. 하지만 남은 사람들은 어떻게든 완주해야 한다는 목표의식 같은 것도 생겼던 것 같다.

구미에서 잠을 잔 우리는 5일 차 일정을 시작했다. 구미는 낙동강변을 따라 산업단지가 끝없이 이어져 있었다. 나는 초년차 사무관 때 농공단지 관련 사업을 담당한 적이 있었는데 구미의 초대형 국가산업 단지를 보고 나니 농공단지를 공업단지라고 불러도 될지 의문이었다.

그리고 창녕에서 양산까지 이어진 경상남도의 낙동강변은 가히 '생활 사막'이었다. 편의점 사이의 간격은 거의 50km에 육박했고 물이나 식량을 보급할 수 있는 곳이 나오면 절대 지나쳐서는 안 됐다. 창녕, 함안, 창원, 김해, 양산을 지나며 그늘 한점 없는 뙤약볕이 고통스럽기도 하였으나 생각하기를 멈추고 계속 페달을 밟은 끝에 6일 만에 부산에 도착할 수 있었다.

평생 농업과 농촌 정책을 담당할 입장으로 지역 곳곳에 무엇이 있는지를 보고 싶은 생각으로 국토 종주를 시작했으나 여전히 들르지 못한 곳이 많고 또 자전거를 타고 지역을 지나친다 하여 그 지역을 이해할 수 있는 것도 아니었다. 그렇지만 국토 곳곳에 추억을 남긴 것과 별것 아닌 약속을 지켰다는 기억이 내게는 뜻깊게 남을 것 같다. 이틀 뒤에 몽골로 승마 여행을 떠나야 했던 나는 자전거 종주가 끝나자마자 다시 여행 짐을 챙겼다.

철부지

18개월의 군 생활 끝에 나는 전역증을 받았다. 생각보다 큰 감흥은 없었다. 당장 내일 출근을 해야 해서 전역의 여운을 만끽할 새가 없었기에 그런 것일 수도 있지만, 또래 남성의 80% 이상이 현역 판정을 받아 입대하고 전역하는 것이기에 육군 병장 만기 전역은 그다지 자랑할 만한 성취로 느껴지지 않았다. 그냥 남들도 다 하는 군 생활을 조금 늦게 끝마친 것뿐이었다.

오히려 이 시점에서 나는 '자유를 선고받은' 상태였다. 과거 농경사회에서는 인생을 통틀어 개인이 선택할 수 있는 영역이 제한적이었다. 오히려 정해진 시기마다 해야 하는 일이 정해져 있었다. 봄에는 씨를 뿌리고, 가을에는 걷고, 어느 나이가 되면 혼례를 치르는 전형적인 삶의 모습이 있었다. 그러니까 철(節)이면 철마다 해야 하는 일이 정해져 있는데 그 '때'를 모르는 사람은 어리석은 사람으로 취급당했다. 조상들은 그런 사람을 철부지(節不知)라고 불렀다. 때를 알지 못하는 사람이라는 뜻이다.

그러나 현대사회는 기술의 발전과 포드주의* 및 테일러리즘**의 영향으로 복잡성이 극도로 높아졌다. 뿐만 아니라 기술의 발전 속도도 나날이 가속되어 당장 5년 후의 세상, 10년 후의 세상을 정확히 상상하는 것이 허락되지 않는다. 그렇다 보니 내가 경험해 보지 않은 일을 하는 사람의 삶을 오롯이 알 수 없고, 나와 다른 세대의 삶을 오롯이 알 수 없다. 이토록 분절적이고 개개인이 소외될 수밖에 없는 환경에서 살다 보니 부모조차 자식 세대에 조언하기가 조심스럽고, 청년들도 감히 본인의 미래를 예측할 수가 없다.

이렇게 급변하는 세상에서, 방종과도 같은 자유를 마주한들 "지금

---

*   포드주의(Fordism): 제조업에서 공정 단계에 따라 업무를 분업화하여 효율성을 높이고 대량 생산을 가능하게 하는 경영 방침

**   테일러리즘(Taylorism): 사무실 내의 업무를 세분화하고 표준화하여 효율을 극대화하는 것

A를 하는 것이 내 인생에서 가장 기댓값이 높은 선택이다!"라고 자신할 수 없다. 삶을 최적화한다는 것은 원래도 불가능했지만 더더욱 허상이 되어버렸다. 남에게 조언을 구해본들 40대 선배들은 그럴 때가 아니라 집을 사야 한다고 목에 핏대를 세우고, 50대 선배들은 본인도 무엇인지 모르는 인공지능을 공부해야 뒤처지지 않을 수 있다고 열변하고, 60대 선배들은 저축을 해야 노년에 빈곤하지 않을 것이라고 한다. 모두 본인을 둘러싼 세계에 갇혀 있다.

내 감상을 말하자면, 현대를 살아가는 우리는 방금 태어난 신생아부터 연명 치료를 받고 계신 어르신까지 모두가 철부지다. 그들을 경멸하는 것이 아니라 지금 무엇을 하는 것이 최선인지는 근원적으로 아무도 알 수 없다는 것이다.

역설적이게도, 개인의 무력함 속에서 주체성은 긍정된다. 어떤 선택이 최선인지는 아무도 모르기에 본인이 쫓고 싶은 것을 선택할 수 있는 여지가 더 커지는 것이 아닌가. 그런 배경에서 나는 전역 이후의 삶을 어떻게 일구어 나갈지 고민했다. 만 27세, 혼기가 가득 찼으니 반려를 찾아 나서야 할 것 같기도 하다. 직장에서는 그저 그런 중고 신입이니 본업에 전력투구하고 싶기도 하고, 부모님의 노화가 나날이 눈에 밟히기에 당신들과 시간을 더 보내야 할 성싶기도 하다. 큰 도움이 될지는 모르겠지만 정책학 석사를 취득해 업의 본질에 대한 이해를 더 높이고 싶기는 하다. 내 개인 건강을 위해 운동에 시간을 더 할애하고 싶기도 하다. 우선순위를 어떻게 설정해야 할 것인지 도무지 감이 잡히지 않는다. 나도 어쩔 수 없는 철부지인가 보다.

최적의 해가 존재하지 않는 문제이기에 남들이 내게 기대하는 것이 아닌, 내 마음이 가장 끌리는 것들부터 헤쳐나가려 한다. 그렇기에 행정대학원 석사과정을 등록했다. 평일에는 일을 하고 주말에는 수업을 들어야 할 테니 분명 지난하고 지치는 몇 년이 될 것이다. 그렇지만 그렇게라도 배움을 더 이어나가고 싶다. 눈에 핏대 세우고 앎을 넓히려 할 때마다 무지의 폭이 더 넓어진다는 것쯤은 알고 있지만 그냥 지금은 공부를 더 하고 싶다.

지난 군 생활을 통해 많은 것을 배웠는지, 더 나은 사람이 되었는지는 자신이 없다. 그렇지만 불편한 생활과 잘 타협할 수 있게 되었고, 불안한 마음과 잘 마주했으니 앞으로의 행동과 배움을 위한 자양분이 될 것이라 생각한다. 비겁하지만 더 나은 사람이 되리라는 목표는 기한을 연장해야겠다. 그리고 군 생활 동안 나의 임무는 미약한 것이었지만 결코 헛된 것은 아니었기를 바란다.

지금도 군 생활을 하고 있을 후배 철부지들을 응원한다.

중동에 평화가 깃들기를 소망한다.

그리고 우리나라가 잘 되었으면 좋겠다.

부록:
레바논의 간단한 역사

레바논은 대부분의 중동 국가들이 무슬림(이슬람을 믿는 사람) 비율이 상당히 높은 것과 달리 옛날부터 동방 가톨릭의 한 분파인 마론교도의 비율이 높은 국가였다.

1차 세계대전 이전까지 레바논은 오스만 제국의 지배를 받았으나 오스만 제국이 1차 세계대전에서 패배함으로써 프랑스가 시리아와 레바논을 위임통치하기 시작했다. 이때 프랑스는 갈등의 불씨를 레바논에 남기는데, 마론파 교도들이 단합하여 프랑스로부터 독립하는 것을 저해하기 위해 원래 시리아의 영토였던 지역을 레바논에 편입하였고 이로 인해 레바논의 무슬림 비율이 급격히 높아졌다. 그리고 프랑스의 위임통치 하에서 레바논의 통치체계는 기틀을 갖추어 나가기 시작했는데 1932년, 프랑스는 마론파에 유리하도록 외국에 있는 레바논 기독교도들까지 조사에 포함시킨 인구 총조사를 바탕으로 의회 의석수를 기독교와 무슬림에 할당했다. 보통의 의회 의석수가 선거에 따라 결정되는 것과 달리 레바논은 의회에서 기독교도와 무슬림의 비율이 6 대 5로 고정된 것이다.

그러나 프랑스의 통치도 2차 세계대전이라는 암초를 만나면서 끝을 맺게 된다. 1940년, 프랑스가 나치 독일에 패배하면서 시리아-레바논 지역은 추축국의 영향권에 놓이게 된다. 그러나 1941년에 샤를 드골이 이끄는 자유 프랑스군과 영국군이 시리아-레바논을 탈환하였고 드골은 레바논이 전쟁에 협력한다면 추후 레바논의 독립을 수락하겠노라 약속한다. 이를 바탕으로 1944년 레바논은 독립하게 된다.

레바논 독립 1년 전에 레바논의 종교지도자들은 한자리에 모여 국민협약이라는 것을 체결하였는데 그 내용인즉 대통령은 마론파, 국무총리는 수니파 무슬림, 국회의장은 시아파 무슬림, 국회 부의장과 부총리직은 그리스정교, 국방장관은 드루즈파가 맡는 것으로 고정하는 것이었다. 의회 의석도 종파에 따라 6 대 5로 결정되어 있었으니 향후 인구 구조가 아무리 변하더라도 의석수의 비율과 종파별 역할은 고정될 것이어서 레바논 내의 정치적 모순과 이로 말미암은 갈등은 이때 씨앗이 심긴 것이었다.

1950년대에는 대통령의 친서방 정책에 불만을 가진 무슬림들이 반발하여 내전이 발생했고, 1960년대 이후로는 이스라엘 건국전쟁의 여파로 수십만의 무슬림-팔레스타인 난민이 레바논으로 유입되어 갈등의 원인이 되었다. 그리고 이때부터 레바논과 이스라엘의 질긴 악연이 시작되었고 나의 파병으로까지 역사는 이어진 것이다.

1960년에 많은 팔레스타인 난민이 유입되면서 레바논 인구의 절반가량을 차지하던 기독교도의 비율은 줄어들고 무슬림 인구 비율이 급격히 늘어나게 되었다. 도시화를 거치며 발생한 경제적 기회가 대부분 기독교도들에게 돌아간 것에 대해 무슬림들은 불만을 가지고 있는 상태였는데 그 시점에 팔레스타인 난민이 유입되면서 무슬림의 인구는 늘어났음에도 의회 내에서의 의석수가 여전히 6 대 5로 고정되어 있는 모순적 상황이 전개된 것이다.

거기에 요르단에서 팔레스타인해방기구(PLO)가 추방된 이후 레바논이 PLO의 작전 사령부가 됨으로써 레바논 사회의 긴장감은 더욱 고조되어 갔다. PLO는 요르단에 둥지를 트고 있을 무렵 이스라엘에 대한 무장 게릴라 활동을 자행하여 요르단 사람들이 이스라엘의 보복 공격에 휘말리기도 했고, 심지어는 요르단 경찰이나 군도 PLO를 통제하지 못하는 상황이 전개됐다. 결국 요르단과 PLO의 싸움이 시작되어 수도에서 시가전이 발생했고 이 과정에서 PLO는 요르단 국왕 암살 시도, 민간 비행기 하이재킹 등을 저질렀다. 이런 골칫덩이 이웃을 반길 사람은 많지 않을 것이다.

PLO가 레바논에서 활동을 시작함으로써 위기감을 느낀 마론파 기독교도들은 팔레스타인 난민 추방을 목적으로 하는 '팔랑헤 민병대'를 창설하게 된다. 이와 대조적으로 레바논 내의 무슬림 세력은 PLO에 대해 꽤 우호적인 입장을 취하고 있었다. 레바논 사람들은 같은 레바논 국민이라는 유대감보다 종파별 소속감을 더 강하게 느끼는 종교적 모자이크 국가였는데 그것에 의한 갈등이 수면 위로 모습을 드러낸 순간이었다.

1975년, 마론파와 PLO는 무력 충돌을 하며 요란하게 내전의 시작을 알렸고 사태는 종잡을 수 없게 전개되었다. 팔레스타인 난민촌과 마론파 집단 거주 지역에서 민간인 학살이 자행되었고 그것은 또 다른 보복 학살로 이어지는 연쇄 반응을 낳았다. 내전의 주 무대였던 수도 베이루트는 동쪽은 기독교 계열의 민병대가, 서쪽은 무슬림 계열의 민병대가 통제하면서 반으로 갈라졌다. 사태를 스스로 수습할 수 없었던 레바논 정부는 시리아에 도움을 요청했고 1976년 시리아군이 개입하면서 사태는 잠시 소강상태에 접어드는 듯했다.

1978년, 사태는 뜻밖의 전환점을 맞이하게 된다. 레바논에 자리를 잡은 PLO가 이스라엘 해안 고속도로를 지나던 버스를 납치해 37명의 사망자와 76명의 부상자가 발생하고 말았다. 이에 이스라엘은 레바논 남부를 침공해 그곳의 기독교 성향 민병대들을 지원하기 시작했고 특수부대와 공군력을 동원해 리타니 강 이남의 남부 레바논을 점령했다. 이제 레바논 내전은 시리아와 이스라엘까지 개입해 점점 복잡한 양상을 띠고 있었고 급기야 UN은 안보리 결의안 425호를 바탕으로 평화유지군을 레바논으로 파병해 이스라엘의 철군을 요구했지만 이스라엘을 막을 수는 없었다. 전쟁의 무대만 레바논일 뿐, 전쟁의 이름만 레바논 내전일 뿐 시리아와 이스라엘의 전쟁이나 다름없었다.

1982년에는 영국 주재 이스라엘 대사 테러에 대한 보복으로 이스라엘이 재차 대규모 침공을 감행했다. 시리아군은 이스라엘군을 막기 위해 공군력을 동원했지만 결국 참패하고 말았고 이스라엘군의 메르카바 전차와 시리아의 T-72 전차의 격돌도 이스라엘군의 승리로 막을 내렸다. 결국 시리아군은 이스라엘과 휴전협정을 체결했고 이스라엘군은 베이루트를 포위한 채로 PLO와의 농성전을 시작했다. 이 시점에서는 레바논 내의 이슬람 세력들도 PLO로 말미암은 분쟁에 진절머리가 난 상태였고 주변으로부터 더 이상 어떠한 도움도 받지 못한 PLO는 홀로 이스라엘군을 상대해야 했지만 레바논 내의 기독교 민병대들도 적극적으로 이스라엘군에 가담함으로써 더는 버티기 어려운 상황까지 내몰리고 말았다. 결국 PLO 지도부는 레바논을 떠나겠다는 의사를 미국 정부의 레바논 특사에게 전달했고 UN 평화유지군의 호위를 받으며 베이루트에서 철수했다.

모두 평화가 찾아오기를 고대하고 있었겠지만 레바논 내전은 아직 수렁 속에 있었다. PLO와 시리아를 몰아낸 이스라엘은 레바논에 친이스라엘 정권을 수립하기 위해 마론파 기독교의 지도자 바시르 제마옐을 지지했다. 전쟁·분쟁을 끝내기 위해서는 비단 압도적인 무력뿐 아니라 정치적인 뒷수습이 필요하다고 이스라엘은 판단한 듯하다. 결국 바시르 제마옐은 레바논 대통령에 당선되었지만 두 달을 넘기지 못하고 시리아 사회민족당원에 의해 암살당했다. 레바논의 짧은 평화는 두 달을 넘기지 못하고 다시 격쟁에 휘말리고 만 것이다.

격분한 이스라엘군과 팔랑헤 민병대는 베이루트 외곽의 사브라 난민촌과 샤틸라 난민촌의 도로를 봉쇄하고는 PLO 전사들을 색출한다는 명목으로 난민들을 학살하기 시작했다. 무차별 총격은 3일이나 이어졌고 그 결과 수백 명의 시체가 난민촌에 널브러져 있었다. 이스라엘은 사망자를 800명가량으로, PLO는 3,000명 이상으로 추정했지만 시체가 대부분 훼손되어 얼마나 많은 사람이 죽었는지 헤아릴 수도 없었다.

사브라-샤틸라 난민촌 학살로 인해 이스라엘은 심각한 국제적 비난과 무슬림들의 저항에 직면하게 되었다. 이스라엘군은 자살 폭탄

차량의 돌진, 각종 부비트랩과 폭탄 테러 등 끝없이 이어지는 테러에 역량이 소진되고 있었으며 레바논 내에서 반(反)이스라엘 정서가 극에 달함으로써 이스라엘에 대한 저항을 목표로 창설된 헤즈볼라라는 게릴라 단체가 세력을 확장하기 시작했다. 헤즈볼라가 2024년 레바논 침공까지 계속해서 이스라엘을 괴롭힌 것을 생각하면 40년 전 이스라엘의 폭력이 40년의 적을 잉태한 셈이다. 결국 친이스라엘 정권의 수립도 실패하고 테러로 인해 군의 역량도 소진하고 있었으며 이스라엘에 반대하는 세력은 날로 비대해지고 있었으니 레바논에서의 시리아의 영향력을 축소시킨 것 말고는 어떠한 정치적 목표도 달성하지 못한 이스라엘군은 수도인 베이루트에서 군을 철수해 남부 레바논에 주둔하기 시작했다. 그리고 이스라엘군의 빈자리를 채우기 위해 미군을 중심으로 프랑스와 이탈리아군이 평화 유지 활동을 명목으로 주둔하게 되었다. 그러나 헤즈볼라에게는 이스라엘의 후원자인 미군이 평화 유지군으로 보일 리 만무했고 레바논에 주둔하는 미군들 역시 이스라엘군이 그랬던 것처럼 게릴라와 폭탄 테러를 마주해야 했다. 결정적으로 트럭에 폭탄을 가득 채운 자폭 테러가 미군 사령부를 덮쳤고 미군 241명과 프랑스군 58명이 즉사한 이후 미군도 철수를 결정했다. 격정의 83년을 보낸 레바논은 이스라엘군도, 미군도 물러나고 대통령도 암살당했으며 정부도 유명무실해져 종파별 민병대와 군벌들이 활개 치는 무정부 상태에 접어들었다. 그곳에는 국가도, 정부도 없었다. 종교 단체들이 분주히도 서로를 향해 총을 쏴 갈겼지만 아마 신도 그곳에는 없었을 것이다.

분열되어 있던 레바논은 1986년에 이르러 시리아의 개입을 다시 마주하게 된다. 시리아군이 평화 유지를 명목으로 다시 레바논에 개입을 시작한 것인데 이 과정에서 이스라엘에 의해 물러났던 PLO 세력도 레바논에 유입되었다. 그러나 PLO가 레바논에 둥지를 틀었던 과거를 생각해 보면 이스라엘이 빈대 잡겠다며 초가집을 다 태워버리지 않았던가. 같은 이슬람의 지붕 아래 있지만 시리아군과 레바논의 시아파 민병대는 PLO의 존재가 부담스러워 결국 팔레스타인 난민 캠프를 공격했다. 과거 이스라엘과 기독교 민병대의 무차별 학살만큼은 아니지만 시리아군과 시아파 민병대도 난민 캠프를 포위하고 팔레스타인 난민 캠프를 괴롭혔다.

이후 시리아는 레바논 정치에 막강한 영향력을 행사하기 시작했다. 그맘때쯤인 1988년, 아민 제마엘 대통령이 퇴임을 앞두고 수니파 무슬림을 임명하는 것으로 정해져 있던 총리직에 기독교 마론파 인물인 미셸 아운을 임명했다. 그러나 시리아가 그것을 거부하고 수니파인 셀림 알 호스를 취임시켰다.

이것은 레바논 국내에 두 정권이 존재하는 결과를 낳았으며 기독교와 무슬림은 계속해서 내전을 이어나갔다. 그리고 다시 1990년, 국회 의석에서 기독교와 무슬림의 비율을 6 대 5로 정해두었던 것을 5 대 5로 변경하는 개헌과 함께 시리아군이 미셸 아운파 세력을 축출하면서 내전은 막을 내리게 되었다.

1975년 마론파와 PLO의 무력 충돌로 시작되어 1990년 개헌으로 막을 내린 15년의 내전은 사망자 15만 명, 중상자 10만 명, 난민 90만 명을 낳았다. 인구 500만 명 남짓에 경기도 면적 정도밖에 안 되는 작은 나라에서 일어난 참극이라는 점을 감안하면 그 상처의 골이 깊디깊을 수밖에 없을 것이다.

내전 이후 레바논이 국민 통합과 경제 재건에 박차를 가해 항구적인 평화를 이루었다면 좋았겠지만 이 땅에 평화는 오래 지속되지 못했다. 이스라엘에 대한 저항을 기치로 걸고 일어났던 헤즈볼라는 이스라엘에 대한 무력 도발을 이어나갔고 국경에서 크고 작은 충돌을 이어나가던 와중 헤즈볼라에 의해 이스라엘군 두 명이 납치되는 사건이 발생했다. 결국 2006년, 이스라엘은 다시 레바논을 침공했다. 그러나 헤즈볼라는 이스라엘군이 물러난 이후 계속해서 이스라엘군을 괴롭히기 위한 전략을 구상하고 있었고 그 준비는 꽤 유효한 것이었는지 이스라엘군은 끝없는 게릴라에 고통받았다. 결국 이스라엘은 백린탄까지 동원해 레바논 남부에 무차별 폭격을 쏟아부었으나 이것은 국제 여론을 이스라엘에 불리하게 만들 뿐이었다. 전쟁이 정치의 연장이라던 클라우제비츠의 통찰을 이렇게나 잘 이해시킬 수 있는 전쟁이 또 있을까, 화력으로는 비정규군인 헤즈볼라를 압도하는 이스라엘이지만 정치적으로는 어떤 소득도 얻지 못한 채 고전하다가 결국 UN의 개입으로 전쟁을 매듭지어야 했다. 이 전쟁의 결과로 헤즈볼라는 남부 레바논에서의 정치적 입지를 공고히 했으며 단순한 게릴라로서의 성격을 넘어 지역정당으로 발돋움하게 되었다. 그리고 UN은 안보리 (안전보장이사회) 결의안 1701호*를 결의하여 레바논 평화유지군을 증강했으며 그 과정에서 한국도 동명부대를 파견해 현재까지 주둔하고 있다. 나의 파병은 이런 역사적인 배경 아래에서 이루어진 것이다.

---

*   이스라엘의 모든 병력이 레바논 남부에서 철수하고 레바논에 주둔하는 UN 평화유지군 규모를 2,000명에서 15,000명으로 증강함과 동시에 레바논 남부(이스라엘 국경과 리타니 강 사이)의 무장 금지를 주요 내용으로 한다.

레바논의
어느 이름 모를 언덕에서

초판 1쇄 발행 2026년 02월 10일

지은이 임성호
펴낸이 류태연

펴낸곳 렛츠북
주소 서울시 영등포구 문래북로 116, 1005호(서교동)
등록 2015년 05월 15일 제2018-000065호
전화 070-4786-4823 **팩스** 070-7610-2823
홈페이지 http://www.letsbook21.co.kr **이메일** letsbook2@naver.com
블로그 https://blog.naver.com/letsbook2 **인스타그램** @letsbook2

ISBN 979-11-6054-800-6 03810

* 이 책은 저작권법에 따라 보호를 받는 저작물이므로 무단전재 및 복제를 금지하며,
  이 책 내용의 전부 및 일부를 이용하려면 반드시 저작권자와 도서출판 렛츠북의
  서면동의를 받아야 합니다.
* 잘못된 책은 구입하신 서점에서 바꾸어 드립니다.